メディアワークス文庫

# 後宮食医の薬膳帖２

## 廃姫は毒を喰らいて薬となす

夢見里 龍

## 登場人物

イラスト／夏目レモン

### 蔡《ツァイ》慧《フェイ》玲《リン》

後宮で唯一の食医。暴虐を尽くした先帝の廃姫であり、毒を熟知する白澤一族の叡智を受け継ぐ最後の末裔。

### 鴆《チェン》

怪しげな翳をもつ美貌の青年。宮廷で活躍する風水師だが、その正体は毒を操る暗殺者。

**明藍星**【ミン ラン シン】

慧玲に仕える女官。明るく素直な性格。虫が嫌い。

**麗雪梅**【リー シュエ メイ】

春宮の妃嬪。皇帝の御子を身ごもる。

**姚李紗**【ヤオ リィ シャ】

春宮の季妃。恩賜の指輪をもつ、皇帝の寵姫。

**胥欣華**【シュ シン ファ】

現皇后。神秘的な雰囲気を纏う、謎多き人物。

**胥雕**【シュ ディアオ】

現皇帝で、慧玲の叔父。先帝を倒し玉座についた。

**蔡索盟**【ツァイ スォ モン】

慧玲の父。もとは賢帝だったが、後に処刑された。

# 目　次

# 第四章　徒桜と可樂

大陸を統一する剋《コク》帝国に毒疫《どくえき》という奇病が拡《ひろ》がり始めてから、早くも一年が経《た》っていた。病はいっこうに収束する兆しもなく、民は憂いていた。

毒疫はいかなる典医にも癒《いや》すことはできない。

ただ一人、特異なる後宮の食医を除いては――

華の後宮にも冬がきた。

雪こそまだ降ってはいないものの、風はすでに真冬の寒さを漂わせていた。草花《くさばな》が絶えた後宮を飾るのは吊灯籠《つりどうろう》の灯《あかし》だ。春の宮は紅で夏の宮が青、秋の宮は黄金で冬の宮が紫と、宮ごとに灯籠の色は異なる。灯籠の華が咲きならぶさまは、ともすれば春と見紛うほどにきらびやかだ。

そんな後宮では昨今、奇妙な噂《うわさ》が囁《ささや》かれていた。

孟冬《もうとう》に桜が咲いている――

それだけならば雅《みやび》やかなものだ。だがその桜は、人を酔わせるという。過ぎれば酔いも毒だ。そのため、食医たる蔡慧玲《ツァイフェイリン》に調査と解毒の依頼がまわってきた。

蔡慧玲は医師の一族たる白澤《はくたく》の叡智《えいち》を受け継ぐ後宮の食医であり、毒疫を治す薬を処方できる唯一の存在だ。そして処刑された先帝の廃姫《はいひ》でもある。

慧玲は奇妙な桜を視察するため、女官を連れて冬の宮を訪れていた。

「なっがい階段ですねえ、慧玲様」

慧玲つきの女官である明藍星《ミンランシン》は辟易《へきえき》しながら、はるか続く石段を仰いだ。

「二百段あるそうですよ」

「ふえええ、考えただけで眩暈《めまい》が……」

冬の宮は高殿に高殿を重ねたような、非常に複雑な造りをしている。都から眺めれば、冬の宮は天に届くほどの塔にみえるはずだ。藍星は五十段を超えたあたりでぜいぜいと息をきらしていた。

頂上に近づくにつれて、騒々しい嬌声《きょうせい》が風に乗って聞こえてきた。祭りか、宴《うたげ》でも催しているような賑《にぎ》やかさだ。屋上庭園に到着したふたりの視界一面に紅が映る。桜だ。

「わあ、これはまた……見事な咲きかたですね」

朝夕に霜の降りる寒さのなかだというのに、鐘塔《しょうとう》のなかに植えこまれた桜は、枝が垂れるほどに花を咲かせている。八重咲の花びらは艶《あで》やかな緋紅《ひこう》だ。あまりにも幻想じみていたが、噎《む》せかえるほどの芳香が造り物ではないと教える。

「異常ね」

咲き誇る紅桜《べにざくら》が、ではない。

鐘塔のまわりには妃《ひ》妾《しょう》や女官、宦官《かんがん》がひしめいていた。

庭園に集う彼女らの様子は、無礼講の花見というには度が過ぎていた。大口をあけて笑い、騒ぎたてるもの。服をはだけさせて踊り続けるもの。素脚をさらして宦官たちと戯れるもの。一様に頰を紅潮させ、酩酊《めいてい》していることはあきらかだ。

「うわあ、悪酔いにも程があるというか、みてるこっちが恥ずかしいというか」

「三日三晩、踊り続けている妃妾もおられるそうですよ」

「それ、もはや憑《つ》かれているのでは」

それにしても、胸が重くなるほどの香りだ。奇妙なのはそれが花ではなく、桜の葉の香であることだった。

「桜には毒があるのを知っていますか」

「え、そうなんですか」

「わずかですが、桜の葉には毒があります。葉が根かたに落ちることで土壌に毒がまわり、他の草が育たなくなるそうです。この毒は人が多量に摂取すると、肝を蝕《むしば》みます」

「お酒も過ぎると肝を壊すと聞きますね」

「そう、違う毒ですが、肝を蝕むというところでは通じるものがあります。ついでにこの毒は桂皮《けいひ》にも含まれますよ。桂皮茶の飲みすぎには、くれぐれも気をつけて」

「ぎくうっ、気づいておられたんですね！　あははは……す、すみません……」

藍星は薬棚にある桂皮をくすねては桂皮茶《シナモンちゃ》にしていた。寒い季節に身体《からだ》が温まるよい茶だが、どんな良薬も飲みすぎては身に障る。

もっとも桜の毒は人には無毒であるはずだ。香《こう》だけで人を酔わせるなど異常だ。

「確かにこれは、白澤の管轄ね」

頭のなかで竹簡《まきもの》が解けて、木《もく》の毒の項が開かれた。植物の毒、精油の毒。いずれも違う。これは木の毒とは別のものだと、慧玲は推測する。

集中を破るように煙のにおいが鼻さきをかすめた。

振りかえれば、緋紅の桜を背にたたずむ男の姿があった。

秀麗な男だ。彼は煙管《きせる》を吹かして毒を退けながら、まとわりつく妃妾たちを迷惑そうにあしらっていた。慧玲をみて、助かったとばかりに男は袖を振る。

「貴女《あなた》のところにも依頼がきていたのか」

慧玲が頭をさげる。

「鴆《チェン》様も風水の調査ですか」

「そんなところだ。宮廷の催事から後宮の騒動、果ては戦線にまでかりだされて、まった[illegible]陛下は人づかいが荒い」

「貴宮《たかみや》に勤仕《きんし》されているのでしたね。それも鴆様の才幹《さいかん》ゆえでございましょう。後宮で鴆様のご活躍を聴かぬ日はございません。晩秋にも戦線に赴かれ、風水を読破して東から侵略してきた敵軍を退けたとか」

言外に毒をつかったのだろうと言ったのだが、鴆は微笑《ほほえ》むだけだった。鴆が宮廷に潜伏している毒師の暗殺者であることを知っているものは、慧玲を除いてほかにいない。

鴆は続けて藍星に視線をむけ、愛想よく喋《しゃべ》りかけた。

「ああ、君が食医つきの女官か。僕は鴆、風水師だ」

妃妾たちが黄色い悲鳴をあげるのも頷《うなず》けるような、わずかな曇りもない微笑だ。藍星のことだ。鴆のような美男子をみれば瞳《め》を輝かせるに違いないと想《おも》っていたのだが、藍星の挙動は慧玲の予想とは違った。

「……明藍星でございます」

藍星はびくつきながら縮こまって、慧玲の後ろに隠れてしまった。鴆が苦笑する。

「僕はなにか彼女を怖がらせるようなことをしたかな」

「い、いえ……どうか、お構いなく」

藍星はさらに身を強張《こわば》らせる。さながら蛇に睨《にら》まれた蛙《かえる》だった。

これではさすがにかわいそうだ。

「藍星、帰って調薬の支度を。あと、松の葉を集めておいてください」

藍星は慧玲や鴆と違って毒に慣れていない。この場に留《とど》まりすぎては妃妾のように酔いかねなかった。すでに体調を崩しているのかもしれないと、慧玲は藍星をさきに帰す。

藍星がいなくなってから、あらためて鴆を振りむいた慧玲は、きりっと張りつめた表情に様変わりしていた。日頃の穏やかな笑みはなりをひそめ、強かな明敏さが際だつ。鴆にだけみせる、素の眼差《まなざ》しだ。

「これは陽《よう》の毒よ」

「木の毒ではなく、か」

意外そうに鴆は眉の端をあげた。

「妃妾たちが冬の宮にある願掛け桜の噂をしていたの。木札に願いごとを書いて根かたに埋めると成就するとか」

「ああ、女が好きそうな話だね」

せせら笑うように鴆が言った。

「おまえは知っているでしょうけれど、願いごとというのはね、強い陽を帯びているの。陽でも強すぎれば、毒となる」

「陽数《ようすう》である九が重なる重陽節《ちょうようせつ》に邪気払いをするのと同様の理屈だね」

慧玲は頷き、桜に視線を移す。

「まずは、例の願掛け桜がここなのか、確かめましょうか」

桜の根かたを掘りかえすと、噂どおりに夥《おびただ》しい量の木札が埋められていた。朱塗《しゅぬり》の札には、筆で願いごとが書かれている。皇帝が御渡りになるように。御子ができるように。家族の病が全癒するように。愛する御方と結ばれますように。様々な願いがあったが、なかには「雪梅嬪《シュエメイひん》の御子が死産となりますように」という呪いじみたものまであった。

水が流れるような綺麗《きれい》な字で綴《つづ》られた呪詛《じゅそ》に慧玲は心底ぞっとした。

「誰がこんなものを」

「さあね。御子を孕《はら》んだ妃嬪《ひひん》を呪うものなど、ざらにいるだろう」

桜は女たちの欲望を吸いあげ、酔うほどに強い香《か》を漂わせながら咲き誇っている。

「僕は傾いた陰陽《いんよう》を、中庸《ちゅうよう》に戻すよ」

風水師は毒を封ず。

「私は薬を調えましょう」

薬師は毒を解く。

それぞれの役割は違うが、なすべきは同じだ。ふたりは声をあわせて言った。

「毒を絶つ」

◇

離舎《りしゃ》への帰り道で、慧玲は夏の旗をはためかせた行列を見掛けた。

新たな夏妃《かき》の参進の儀だ。新たに季妃《きき》となるものは四季の宮を廻《まわ》り、最後に貴宮で、皇后陛下に挨拶をするのがならわしだった。

慧玲は先の夏妃であった凬《フォン》とは浅からぬ縁があった。凬は火の毒疫によって命を落とした。彼女のことを想いだすと慧玲は胸を締めつけられる。凬ではない夏妃に些《いささ》か抵抗があり、慧玲は遠ざかるまで頭をさげ続けて、視線をあげることはなかった。

「先の夏妃様って……ねえ」

「命を落とされたんでしょう？」

「みなに慕われている妃様だったのに、女官に妬まれて殺されたとか」

「私は宦官に恋をして自害したと聞いたわ」

通りがかった妃妾たちが根も葉もない噂を囁きあっている。

「先の季妃が儚《はかな》くなられて、新たな季妃に入れ替わるのはそうめずらしいことではなくってよ。先の春妃《しゅんき》様も不慮の死を遂げられたとか」

「毒殺されたんじゃなかったかしら」

光のもとに影ができるように、華やかであればあるほどに陰は、暗くなる。その最たるところが後宮だ。

◇

「集めましたけど……松の葉なんて、どうするんですか」

　藍星が想像もつかないとばかりに松の葉を摘まむ。

　慧玲はまず松の葉を洗い、砂糖、水とあわせて甕《かめ》に漬けこんだ。後はそれをひなたで発酵させる。できあがりを待つあいだに鍋で八角《アニス》、小荳蔻《カルダモン》、丁子《クローブ》、桂枝《シナモン》、肉果《メース》、香草莢《バニラビーンズ》、他にも沢瀉《タクシャ》、猪苓《チヨレイ》、茯苓《ブクリヨウ》、白朮《ビヤクジユツ》などの生薬を煮だす。

「これぞ漢方薬！　ってかんじですね」

「煮だした生薬のうち、沢瀉、猪苓、茯苓、白朮、桂枝《ケイシ》は五苓散《ゴレイサン》という漢方薬に配合するもので、水滞《すいたい》に効能があります。水滞は酔滞《すいたい》に通ず。五苓散を服することで酔いの基となる毒素を解毒することができます。もっともこれだけでは酒による酔いにかぎられるので、別の薬と組み合わせました」

「猪苓、茯苓は茸《きのこ》ですよねえ。なんか、いかにも苦そうなんですけど……」

「それが意外に、さわやかな風味になるんですよ」

しばらく経つと松の葉の発酵が進み、葉に細かな泡がつき始めた。頃合いをみて、松の葉をひきあげ、さきほど煮だした漢方とあわせる。

透きとおる琥珀《こはく》色の飲み薬ができた。

「調いました」

「わあ、なんだか、しゅわしゅわいってますね」

藍星が物珍しそうに甕を覗《のぞ》きこむ。

「さてと、後は薬を運ぶだけなのですが」

慧玲が気遣っているのを感じたのか、藍星が言い難《にく》そうにいう。

「実は……あの風水師様がどうにもだめで」

「だめ、というと……」

藍星がくわっと瞳を見張った。

「ぞわぞわあぁってなるんですよ！　こう……蜈蚣《むかで》とか蚰蜒《げじげじ》が背を這《は》いまわるみたいなかんじで、鳥肌が！　理由は解《わか》らないんですけど」

鴆が大量の蟲《むし》を潜ませているのを、藍星は本能的に感じ取っているのだろうか。そういうところでは意外に敏《さと》い娘だから。

藍星は大の虫嫌いで、蟬《せみ》の抜け殻で失神するくらいだ。鴆が飼っている毒蟲《どくむし》をみたら、当分は悪夢にうなされるに違いなかった。

鴆のことはともかくとしても、毒が充満しているところに度々藍星をともなうのも気掛かりだ。

「わかりました。薬は私が運びますね」

黄昏《たそがれ》がせまり、霙《みぞれ》が舞いはじめた。

今晩は寒くなりそうだ。酔いつぶれた妃妾たちが凍死する危険もある。急がなくては。

そうはいっても重い甕を担いで冬の宮にむかい、さらに二百段もの階段をあがるのは想像を絶するほどにきつかった。息をきらしながら階段をのぼりきった慧玲は、妃妾や宦官たちに薬を飲ませてまわった。酔って思考がとろけている妃妾たちは渡された杯を喜んで飲みほす。

「……あら」

意識を取りもどした妃妾がぼんやりと瞬きをする。

「いったい、私はなにを……いやあああっ」

酔いから醒《さ》めた妃妾たちは一様に悲鳴をあげた。

取りかえしのつかない醜態を晒《さら》したことに錯乱して、あるいは襲われたと勘違いしたのか、側《そば》にいた宦官を殴りだすものまでいた。

「あなた！　渾沌《こんとん》の姑娘《むすめ》よね！」

妃妾たちはかみつくように振りかえって、慧玲を睨みつけた。

「私たちを陥れようったってそうはいかないんですからね！」

「このこと、誰かに言ったら死刑にしてやるから！　おぼえてなさいよ！」

散々な言い様だ。もはや恐喝ではないか。逆怨《さかうら》みも甚だしいと胸のなかで毒づいたが、不条理には慣れている。慧玲は大人しく頭をさげた。

「ご安心を。他言は致しません」

妃妾たちは襦裙《じゆくん》を掻《か》き寄《よ》せて、逃げるように階段を降りていく。散々殴られた宦官たちも同様だ。すっかりと誰もいなくなってから、慧玲は重いため息をついた。結局は一度も旨《うま》いとも言われなかった飲み薬を片づけようとしたときだ。

桜の花びらが滝のように落ちた。花が散るという趣ではなく、雪崩れるような散華《さんげ》だ。つきることのない女たちの欲望ごと桜は落ちる。

「終わったよ」

名残の花吹雪を潜《くぐ》って、鴆が鐘塔の棟木から降りてきた。

桜の幹を中心に据え、五稜星《ごりようせい》をかたどって鐘塔の柱に縄がかけられている。五稜星は万象の相克を網羅し、また循環させる図形だ。鴆は風水師は本職ではないというが、巧者と比肩するほどに風水を熟知している。

「ねえ、その薬、僕にはくれないのかな」

慧玲は意外な要望に毒気を抜かれたが、すぐに杯にそそぎ、鴆に飲み薬を差しだす。

「酒でもないのか」

「異境では、可樂《コオラ》というそうよ」

琥珀を煮つめたような暗褐色のなかで、透きとおった細かな泡が舞いあがる。杯を傾けて香りを確かめてから、鴆は薬を飲んだ。

「これはめずらしいね。喉で弾《はじ》ける飲み物というのはこれまで飲んだことがないな。松の葉を発酵させたのか」

「松は最強の陽木《ようぼく》だからね。質の違う陽と陽は互いに喰《く》らいあって相殺する。だから松をつかったのよ」

発酵させた飲み物だけではなく、松葉を乾燥させて煎じる茶もまた優れた効能があり、二日酔いに最適な薬となる。

彼はふっと微笑んだ。

「ほろ苦いが、ふうん、旨いね」

瞳が紫水晶のように瞬《また》く。悪意も害意もない静穏な微笑だった。それなりに一緒にいるつもりだったが、彼のこんな表情をみたことはなかった。

（なんで、そんなふうに愛《いと》しいものをみるように微笑むの）

妃嬪たちに振りまいている愛想笑いともあきらかに違う。慧玲は戸惑い、視線を逸《そ》らす。毒にあてられたわけでもないだろうに、頬が熱かった。

彼は慧玲が助けた患者に恐喝され、罵られるさまをみていたのだろう。

風がひとつ渡るほどの沈黙をはさんで、言葉をこぼす。

「慣れているのよ？　だって、私は疎まれものだもの」

褒められないことにも慣れている。患者から礼を言われることはあっても、それは褒められるのとは違った。

彼女の母親は、褒めないひとだった。慧玲がいかに速く知識を身につけ難解な書を完璧に暗記しても、複雑な薬をわずかな綻びもなく調えても、白澤の姑娘だから当然だと。

ああ、だから彼が褒めてくれたことがこんなにも嬉《うれ》しかったのだ。

それがほんのひと匙《さじ》のやさしさでも。

「わかってる。あんたはこんなことでは傷つかない。傷つかないから哀れなんだよ」

鴆が銀糸の髪をすくいあげた。花びらを払いのけるでもなく、指に絡めて弄ぶ。

「殺してあげようか、あんたを蔑《ないがし》ろにしたやつらを残らず」

不穏な言葉を何処《どこ》までも穏やかに言う。

「……後宮がほとんどからっぽになるじゃない」

「別にいいよ、こんなものが壊れても。そもそも多過ぎだ。どれだけの官費を圧迫しているとおもっている」

冗談の類ではない。彼女が望めば、彼は妃妾などいくらでも殺すだろう。

「だとしても、私は望まない」

「そうか、あんたはどこまでも薬なんだね」

くすりと彼は笑った。

黄昏の風が吹きつけ、雪が舞いだす。だが凍《い》てつくような寒さを背筋に感じたのは雪のせいばかりではなかった。

鴆の視線が陰る。これまでの静けさは嵐の前触れだったのかと疑うほどに。

「毒を盛ったものを捜すつもりはないと、貴女は言ったね。毒で復讐《ふくしゅう》はしないと」

「……そうよ。私は薬だからね」

毒にはならない。それが彼女の誇りだ。

「お綺麗だね」

鴆は水鏡のような緑眼《りょくがん》を覗きこみながら、毒を垂らすかのように囁きかけてきた。

「ほんとうは、こわいくせに」

慧玲が息をのむ。

肋骨《ろっこつ》に指を差しこまれ、誰にも触れられてはならない心の箱をあばかれるような、本能的な恐怖に襲われる。咄嗟《とっさ》に鴆を突きとばそうとしたが、腰を抱き寄せられて腕のなかに捕らわれてしまった。

「あんたは捜したくないんだよ。知ったら、薬ではいられないから、こわいんだ」

「違う。私は……」

「だったら、教えてやろうか」

彼は毒の双眸《そうぼう》をぎらつかせる。

「誰が先帝に禁毒《ごんどく》を盛ったのか。僕は知っている」

「……嘘《うそ》」

「嘘じゃない」

雪が舞う鈍色《にびいろ》の薄暮を背にして、毒々しい微笑だけが艶やかだ。慧玲を言葉で甚振《いたぶ》りながら、瞳にある愛《いと》おしみは変わらない。それがよけいに慧玲を惑わせる。

父親に毒をのませ、魂まで壊したものを捜しだしたいと考えたことはあった。だが諦めた。報復できたところで先帝は帰らず、母親が微笑むこともないのだから。けれども、ほんとうは――

瞳の底でごうと炎が燃えさかる。胸のうちに抱え続けてきた怨嗟《えんさ》が燃えた。

「違う。私が怨《うら》んでいるのは毒を振りまいた父様で――」

「死者を怨むのは楽だね。でも、それじゃいつまで経っても飢えるばかりだ」

彼の眸《ひとみ》に映る慧玲の瞳《め》は、酷《ひど》く荒《すさ》んでいた。壊れた先帝と同様の眼《め》。先帝は――に飢えていた。

（私は、毒に飢えている）

慧玲の喉からひゅうと細い悲鳴が洩《も》れかけたとき、鴆が微《かす》かに舌打ちをして、突然身を離した。

「慧玲様」と声がして、慌てて振りかえれば、女官が階段をあがってきたところだった。

ふたつに結わえた髪とそばかすのある顔には見覚えがある。

「あなたは確か、雪梅嬪つきの」

小鈴《シャオリン》だったか。彼女は今にも泣き崩れそうな声で慧玲に縋《すが》りついた。

「雪梅様が……どうかっ、どうか、助けてください！」

◇

日が落ちて霙は、牡丹雪《ぼたんゆき》になった。

鴆と別れた慧玲は小鈴に連れられ、春の宮に急いでいた。

雪梅の御子は順調に成長を重ね、すでに臨月に入っていた。いつ御子が産まれてもおかしくはないため、慧玲は二日に一度は健診に通っていた。

昨日診察したときは、母子ともに異常はなかったはずだ。

ならば、毒か。だが雪梅は毒を警戒して宴にも姿を現さず、部屋にこもっていた。

小鈴は動転していて、終始嗚咽《おえつ》するばかりで雪梅の容態を聞くこともままならない。小鈴は雪梅に配属されている女官のなかで最も雪梅を慕い、雪梅からも信頼されている。あるじの身が危険にさらされているときに、彼女が冷静でいられるはずがなかった。

「雪梅嬪！」

戸をあけた途端に、異様な熱が部屋から溢《あふ》れてきた。

皇后が火の毒に侵された時のことを思いだしたが、これは毒ではなく、火鉢による暑さだ。ありったけの木炭がくべられ、ごうごうと燃えているため、部屋のなかは夏よりも暑いほどだった。

そのなかで雪梅は毛布にくるまり、寒さに震えていた。彼女は鈍い動作で首を動かす。朦朧《もうろう》としているようだ。

「雪梅嬪、慧玲が参りました」

雪梅はその声に安堵《あんど》したのか、紅の落ちた青い唇を綻ばせる。

「きて、くれたのね」

「雪梅嬪……いったい、なにが」

慧玲は椅子に腰掛けた雪梅の側に寄りそい、手を取ろうとした。だがしぼれるほどに濡《ぬ》れた毛布に触れて、息をのむ。

「私には、解らないわ。でも、貴女なら、解けるはずよ」

濡れそぼった毛布を剝がす。

「これは……」

雪梅のたおやかな腕が、なかった。

正確には腕が透きとおり滝のように垂れさがっている。透明になった腕のなかで青い骨が静かに凍えていた。魚の鰭《ひれ》とも似て非なるそれは、古典舞踊で纏《まと》われる水袖《みずそで》という衣装を想わせる。言葉を絶するほどに麗しかった。だからこそ、惨《むご》たらしい。

「っ……失礼いたします」

慧玲が雪梅の下腹に触れる。まるく膨らんだ胎《はら》のなかでは確かに命が動いている。ひとまずはよかった。だが、これだけ母体が凍えていては、御子の命が危うい。今の状態は堕胎を試みるものがわざと冷水に浸《つ》かることと変わらなかった。

「毒を解いて。助けてちょうだい、慧玲」

「かならず、お助けいたします」

誓うように言葉にする。

診察したかぎりでは水《すい》の毒、だろうか。けれどもいったい、なぜ――

雪梅を蝕んでいるのはあきらかに毒疫だ。だが、いつ、どこで地毒に障《ふ》れたのか。

雪梅は他人から貰《もら》ったものを身につけたり、毒味もさせずに食事を取ったりはしていなかったはずだ。胎にいるのは自身だけの赤子ではない、皇帝の御子の命をこの身に預かっているのだと、彼女は常日頃から責任の重さを語っていた。

(腕にだけ、毒がまわっているのも妙だ。触れたものから毒を受けたとか？　でも発症しているのは雪梅嬪だけだ。彼女だけが触れて、女官がぜったいに触れないものなんかあるだろうか)

いずれにしても、昨日は毒に蝕まれてなどいなかった。発症するまでに時間の掛かる毒疫だとしても、白澤の叡智を継いだ慧玲には診察すれば判《わか》る。つまり毒に触れたのは昨日の晩から今朝までの間だ。

「こんなふうになったのはいつからですか」

「ついさきほどです」

「御子のためにも庭まで散歩に出掛けられていて。雪が舞ってきたので、帰ろうと部屋にむかっていたとき、雪梅様が寒いと震えだされて……腕が」

「雪梅様は、助かるんですよね」

「御子はどうなるんですか」

女官たちは縋るように問いかけてきた。

「雪梅様にはご恩があります……どうか、助けてください」

慧玲の知らない女官たちも懸命に頭をさげ、懇願してきた。

雪梅は後宮ではそれなりに嫌われている。舞の巧みさといい、皇帝に寵《ちょう》を享《う》けていることといい、妬まれる要素も充分だが、重ねて彼女自身の気質の激しさもわざわいし、悪い噂が絶えない。だが女官たちからはきちんと人柄のよさが理解され、慕われているようだ。

「かならず毒は解けます。そのためにもご協力をお願いいたします」

まずは毒の調査をしなければ。重篤な状態にある雪梅の側であれこれと不穏な憶測を語るわけにはいかず、女官たちと一緒に隣の部屋に移る。

「二日ほど前からの、雪梅嬪の行動を事細かに教えてください。どなたかにお会いになられたのか、お茶はお飲みになられたのか。どこを通りがかったのか……些《さ》細《さい》なことまで洩らさずに」

女官たちは順番に報告してくれたが、典医を除けばとくに誰かと接触したということはなく、いつもどおりに毒味されたものしか口にはしていなかった。散歩も部屋の側にある庭を一周しただけだ。話が食い違っているということもない。

いつもと違うことがあったとすれば。

「初雪が降ったこと、か」

慧玲は顎に指をあて、考える。

「散歩のとき、外掛《はおり》は纏っておられましたか」

「ええ、雪が降りだす前でしたが、風がお寒うございましたので」

黄葉《ファンイエ》という年配の女官が頷き、すぐにその外掛を持ってきた。雪梅が春から羽織っている繻子《しゅす》織《おり》の外掛だ。調べたかぎりではとくに異常はないが、雪梅だけが触れたものといえば身につけるものくらいだ。思考を巡らせる。雪といっても、あの時に降っていたのは触れたらすぐに融《と》けるような霙だった。

ああ、そうか、外掛が濡れたのだ。

水桶を借りて、すでに乾いていた外掛を濡らすと、刺繡《ししゅう》の梅の一部が透きとおった。触れないよう慎重に紙をあてれば、錆《さび》がついた。金が錆《さ》びるはずがない。

「毒です」

「そんな……なぜ、雪梅様の外掛に毒が」

女官たちは震撼《しんかん》し、騒然となった。

「外掛に細工がされていたということは、雪梅嬪に毒を盛ったのは女官のうちのどなたかということになりますね」

言葉にするまでもないが、敢《あ》えて慧玲は牽制する。

「なんで、雪梅様に毒なんか」

「いったい、誰がそんなことを」

「やだ、私を疑ってんのかい。雪梅様にはご恩はあっても怨みなんかないよ！」

疑心暗鬼に陥る女官たちを眺めて、慧玲は瞳を細める。誰が首謀者だろうと、互いを疑いあうことで動けなくなるはずだ。

これは地毒を模して造られた毒だと、慧玲は考察していた。毒疫とは地毒にさらされることで、人体のうちに働く五行の均衡が崩れ、発症する。逆にいえば人体の調和を崩すほどの毒ならば、地毒と同じ影響をもたらすこともある。それこそ、毒師の一族が扱うような毒であれば。

問題なのは、これがどうやって調えられた毒かということだ。なにとなにを組みあわせれば、これほど強い水の毒になるのか。いや、そもそもこれは水毒《すいどく》なのか。解析できなければ、解毒もできない。

慧玲は外掛に鼻を寄せた。雪梅が好む香に隠れて、わずかに毒が臭った。腐乱した卵のような臭いだ。慧玲の頭によぎったのは硫黄という鉱物だった。硫黄は水素と結びつくことで致死毒を生成し、刺激臭を放つ。だが、硫黄と類似した臭いの鉱物は他にもあるため、確証が持てない。

金糸を舐《な》めて確かめようかともおもったが、さすがに無謀すぎる。慧玲は毒を無効化できる体質だが、はじめて喰らう毒を解毒するには時間を要する。一刻を争う事態なのだ。万が一、雪梅のように腕が動かなくなっては調薬に支障をきたす。

「すみません、遅くなりました」

女官に連れられ、藍星が駈《か》けつけてきた。雪梅からの使者は離舎にもむかったらしい。

「雪梅嬪は……」

「重篤ですが、かならず薬を調えます。藍星、まずは花を集めてきてください」

「え、でも、こんな季節ですし、花なんかそうは咲いてないと想いますけど」

「なんでも構いません。茶梅《さざんか》でも艶蕗《つわぶき》でも金盞花《きんせんか》でも。春の宮は花の宮です。真冬にも咲く品種がいくつもあるはずです」

「了解しました」

「摘んできたら、水を入れていない空の花器に飾ってくださいね」

花を飾ることで側にある水の毒を吸いあげ、やわらげることができる。毒のもとが水の毒かはわからないが、寒さを感じていることから考察しても水毒が影響していることは確かだ。だが毒のもとを絶たないかぎり、時間稼ぎにしかならない。

慧玲は毒についても知識があるが、本職である毒師にはかなわない。とくに造られた毒については。

（これだけ難解な毒を解析できるとすれば）

慧玲は唇をひき結んで、私情を殺す。

「お借りします」

外掛を手に、慧玲は部屋を飛びだした。

◇

霜風が吹きつけ、雪は煙《けぶ》るように吹雪《ふぶ》きはじめた。

早暁《そうぎょう》には都を白銀に凍てつかせるだろう。石畳はすでに白い帷《とばり》をかけたように雪に埋もれている。新雪を蹴って慧玲は鴆を捜し続けていた。

「鴆！」

鴆は宮廷と後宮を結ぶ橋を渡って帰るところだった。鴆は貴宮つきの風水師だが、男の身で後宮に暮らすことは許されておらず、宮廷から通っていた。彼は慧玲の声に振りかえる。

橋の中ほどで慧玲は、鴆とむかいあう。

「……雪梅嬪が毒を盛られたの。外掛に毒の金糸が縫いこまれていた。毒に触れたら身体が水になる毒よ。地毒を模してはいるけれど、毒師によって調えられた毒だった。おまえが持つ毒の知識を借りたい」

先ほどの口論を思いだせば、胸が搔《か》きみだされた。

葛藤はある。警戒もある。それでも雪梅の命がかかっているのだ。

鴆は黙して動かなかった。値踏みするような、冷淡な視線を投げてくる。

「どうか、助けて」

慧玲が頭をさげた。

「……毒である貴女ならば、いくらでも力を貸してやるよ。あんたを疎むものを全部殺してやってもいい。でも、薬である貴女は、別だ」

冷ややかに唇の端をゆがめて鴆は笑う。

「それに毒師に頼るなんて白澤の恥だとはおもわないのか」

「おもわない。ただの毒師ならばいざ知らず、おまえほど毒に精通している者はいないもの」

だが、鴆はにべもなかった。

「僕が助ける筋あいはないね。それともなんだ、ふさわしい報酬でもあるのかな。だったら考えてやらないこともないけれどね」

「……ない。私からおまえにあげられるものはなにひとつ」

恥じることがあるとすれば、それだけだ。

「命だったら、いつでも賭けられるけれど」

「患者ならば誰にでも賭けられるあんたの命なんか、僕は要らない」

慧玲が黙りこむ。ふたりのあいだに雪ばかりが降り続ける。張りつめた沈黙を破って、鴆がはっと嗤《わら》った。底しれぬ悪意を振りかざして。

「僕がその毒を調じたと、貴女はわずかも疑わなかったのか？」

風が強くなる。氷雪をともなった旋風《せんぷう》が頬を打ち据える。

「僕の一族は、錬丹《れんたん》を得意としていると教えてあげたのに」

金糸は金槌《かなづち》などで敲いて伸ばした金箔を、絹糸に巻きつけ縒《よ》って造る。金属による調毒はまさに錬丹術の本分だった。雪梅に御子が産まれて最も窮するのは誰かということを考えれば、答えは容易に導きだせる。

鴆が仕える欣華《シンファ》皇后だ。皇后であれば女官を買収するのも容易だろう。

だが、慧玲は静かに頭《かぶり》を振った。

「疑ってない」

「へえ、疑うだけの事由《じゆう》は充分にそろっているだろうに。信頼しているから、なんて戯《たわ》言《ごと》はいわないでくれよ。僕と貴女の仲じゃないか」

鴆は意地の悪い微笑に眸を歪《ゆが》める。だが慧玲は臆さない。

「この毒は臭った。おまえほど優秀な毒師が毒に臭いを残すはずがない。違う？」

「……っ」

虚をつかれ、紫の眼睛《がんせい》が揺らいだ。

「硫黄。わずかだけど、草いきれも。嗅いだことのない植物の臭いよ。確かめて」

鴆は黙って手套《てぶくろ》をつけ、慧玲から毒を帯びた外掛を受け取った。外掛の刺繍に触れて毒を確かめ、彼は一瞬だけ瞳を見張る。

「……前言撤回だ。事情が変わった。この毒について調べてやるよ」

無償でねと彼は紅の外掛を預かり、橋を渡っていく。

この一瞬にどんな心変わりがあったのか。慧玲は戸惑いながらも遠ざかる背に「ありがとう」と感謝の言葉を投げる。鴆は雪を掃うようにひらりと袖を振った。

これで雪梅は助かる。

(だって彼ほど、強い毒はいないもの)

毒師といっても大陸には様々な一族がいる。薬草による調毒を得意とするものもいれば、言葉や念の毒である呪詛に携わるものもいた。

だが彼に比肩するものは、いないだろう。それは禁毒を身に帯びていることとは別だ。かつて宮廷に服していた毒師の一族――先帝が縁を絶ったのち、里を棄《す》てて離散したかの一族のひとりが、鴆ではないだろうか。慧玲はそう推測していた。あるいはそうではなくても、彼ほどに毒を扱うことに秀でているものはいないかもしれない。

毒であるために、命を燃やし続けているような男だ。慧玲と同じ地獄。それでいて真逆の道をいく背を眺めながら、慧玲は睫《まつげ》をふせた。

疑いながら寄りそい、信じずして頼ることは愚かだと理解していながら。

(それでも、これが、私とおまえの関係よ。なまえなどなくとも)

一刻も経たずに鴆は毒を解析してきた。

◇

「愚者の黄金だ。黄鉄鉱ともいうね」

黄鉄鉱は鉄と硫黄からなる鉱物で、採掘された時は金と間違えるほどの輝きを放つが、すぐに酸化して錆になる。黄鉄鉱そのものは無害だが有毒の不純物を含み、硫黄とおなじく硫化水素という毒による腐卵臭を放つ。これが慧玲の感じた臭いのもとだ。

「後は、水毒のある水脈に根をおろした山荷葉《サンカヨウ》の花びらだ」

「山荷葉？」

聴きなれない植物だ。

「東の島にだけ群棲《ぐんせい》する植物だよ。葉は蓮《はす》に似て、葉からつきだすように白い花が咲き、青い実が結ぶ。水に触れると花びらが透きとおるという珍しい特徴がある。玻璃《はり》みたいにね。山荷葉そのものに毒はないが、水毒を吸い続けて強い毒を帯びている」

「だから、雪梅嬪の腕が透きとおってしまったのね」

黄鉄鉱は濡れると脆くなって錆びつき、山荷葉は透きとおる。どちらも水の影響を強く受けるものだ。

「東の島では鬼臼《キキュウ》として山荷葉が処方されたそうだよ」

聞きながら、慧玲の頭のなかで竹簡が解かれていた。

鬼臼といえば、大陸では八角蓮の実のことだ。死産を未然にふせぐという。つまり妊婦のための薬だが、似て非なるものではその効能は望めず、真逆の毒と転ずる事例もある。水毒を吸い続けた植物ならば、なおのことだ。

「……はやく解毒しなければ」

雪梅はもとより、御子の命が危うい。

他にもいくつかの毒が調合されていたが、問題はそのふたつだ。

「毒師にできるのはここまでだ。ここからは薬師の管轄だろう。せいぜい頑張りなよ」

五行において鉄は金に、山荷葉は木に属する。金と木は相互助長の関係ではない。だが、金は水を産み、水は木を育てる。水毒がふたつの要素を結びつけたことで、金、水、木が互いを順に助け、毒がより強くなっているのだ。

土の薬で水の毒は容易に解ける。だがそれだけでは、強化された金毒、木毒を解毒しきれない。残った毒は羊水にまわり、胎児を蝕む。

これは解毒されてからのほうが害になるよう造られた毒なのだと理解して、慧玲は青ざめた。この毒を盛ったものは水毒を解ける食医が雪梅についていることを知っていたということになる。

微弱な金毒と木毒ならば、ともに火《か》の薬で相剋《そうこく》できる。だが、水の毒があるうちに火の薬を投与しても効果はない。

だとすれば、重要なのは順番だ。慧玲は頭のなかで薬を組みあげる。

（さきにあの薬をのませ、後からこれがあふれだすように――火薬の原理でいけるはず）

最大の問題は食材だった。解毒には強い土の薬が必要だ。土は味においては甘みをつかさどるが、蜂蜜、甘蔗《サトウキビ》などでは難解に絡まった水の毒に侮られる。最適な食材は亜熱帯の果実だが、手に入るかどうか。

「望みがあるとすれば」

じきに冬季の宴が催される。春と同様に宴の食事は慧玲が監修することになっており、大陸の各地、あるいは異境からも希少な食材が集められていた。日持ちする食材はすでに後宮の庖厨《くりや》の倉に搬入されているという。

慧玲は春の宮に戻りかけていたが、行き先を変え、庖厨にむかった。

◇

庖厨はまだあかりがついていたが、いまは夕餉《ゆうげ》の後片づけをしているのか、倉は静まりかえっていた。鍵がかかっていたので、庭木をよじのぼって窓から侵入する。人命がかかっているのだ。後から罪に問われたところで知ったことか。

宴がせまっているということもあって、棚には高級かつ貴重な食材がそろっている。乾燥したなまこ、松茸《まつたけ》、椰子《やし》の実、茘枝《ライチ》と多種多様だ。

慧玲は暗がりのなかで食材を捜す。

皇后の許可を取れば堂々と捜せるが、使者を介する上に朝まで待つことになる。それでは遅すぎた。なにより皇后陛下の策謀の疑いがあるかぎり、頼むことはためらわれる。

背伸びをして、棚の上部にあった重い木箱をおろして漁《あさ》る。

あった——慧玲が安堵の息をつきかけたその時だ。

倉の鍵が解錠されて、提燈《ちょうちん》をかかげた女官が入ってきた。木箱を担いでいた慧玲は隠れようにも動けず、敢えなく女官に見つかってしまった。

「……あなた、食医でしょ」

女官は侵入者と鉢あわせて悲鳴をあげかけたが、銀の髪に気づいたのか、ため息をつきながら言った。

よくみれば、夏の調薬の時に補助してくれた尚食局《しょうしょくきょく》の女官だ。

「あ、あの」

「わかったわよ。どうせまた患者を助けるんでしょう。誰にも言わないでおいてあげるから、もっていきな」

女官は袖を振った。

「頑張んな。あんたのこと、応援しているひともいるんだから」

「……ありがとうございます」

頭をさげ、木箱から果実を拝借した。

ようやく材料がそろったが、思いのほか時間が掛かってしまった。

降り続ける雪に頰をたたかれながら、軒端に列《つら》なる紅の吊灯籠だけを頼りに、慧玲は春の宮にひき返す。白い闇に覆われても陰ることのない紅《くれない》は、雪梅の凜《りん》とした姿を想わせた。彼女は強い女だ。彼女の御子もまた。

かならず、薬が調うまで持ちこたえてくれるはずだ。

慧玲は祈るような想いで春宮《はるみや》に急いだ。

◇

長楕円形《ちようだえんけい》の果実だった。

ごつごつとした硬い殻は細長い南瓜《かぼちゃ》に似ており、赤紫に緑に黄色と、その色は様々だ。庖丁《ほうちよう》で縦に割ると、ぬめぬめとしたかびのような白いものに包まれた種子が現れた。

「うわあ、また訳の解らないものを調理するんですね！　さすがです！　どうやってこんなの、調達したんですか！」

褒めているのかどうかはあやしいところだが、藍星の声は期待に弾んでいる。

「ちょっとね。さ、まずはこの種を取りだしてください」

豆を想わせる種子を取りだして弱火で焙炒《ばいしょう》する。時間を掛けて、丁寧に焙《ほう》じるうちに種はよい香りを漂わせはじめた。焙じ終わったら、今度は碾《うす》で粗めに砕き、種皮を取りのぞいて胚乳《はいにゅう》だけを分離させる。細かい作業だが、ここで種皮が残ると風味が落ちるので怠りなく。

「きちんと分離できましたよ」

「それでは薬碾《やくてん》をつかって、さらに細かくすりつぶしていきましょう」

「またですか！……調薬って割と力仕事ですよね」

げんなりする藍星をなだめながら、胚乳を磨砕《まさい》する。

「わわっ、なんだかどろどろになってきましたよ」

「密林の乳脂《バター》というくらいですから」

とろみがついてきたところで砂糖をいれた。続けて湯せんに掛けながら、あらかじめ牛乳を煮詰めてつくっておいた練乳をそそいだ。とろとろの暗褐色の蜜ができあがる。

誘惑的な甘い香りが庖厨に満ちた。食欲を刺激されたのか、藍星が唾をのむ。

「巧克力《ショコラ》です。まだできあがったわけではありませんが」

「すごい！　あんな、鳥も啄《ついば》みそうにない実がこんなふうになるなんて！　ねねっ、ひと舐めだけいいですか！　だってこれ、ぜったいにおいしいやつじゃないですか」

「構いませんけれど、あなたは確か、お酒が飲めなかったのでは……」

慧玲が最後まで言い終わるのを待たず、藍星は木の匙を差しいれて種の蜜を舐めた。

「うっまああ！　ええっ、なんですか、これ！　これだけでも皇帝に献上したら昇格される域に達してますって！」

藍星が無邪気に歓声をあげる。

藍星は知るはずもないが、遠い異郷の地では巧克力は不老の薬とされ、皇帝だけが飲める貴重な神の食物だった。さすがに不老にはならないだろうが、実際に加加阿《カカオ》には百を超える薬能《やくのう》があり、とある島の帝国には加加阿専門の薬師がいたそうだ。

だが巧克力は他にもある薬としてつかわれることがあった。

「もうひとくちだけ！」

「藍星、きもちは解りますが、舐めすぎると……ああ」

これだけ興奮している藍星がひとくちで済むはずもなかった。匙いっぱいにすくっては頬張っているうちにふらつきはじめる。頰が紅潮して、視線のさだまらない瞳は熱を帯び、すでに夢心地を通り越して酩酊している。

「ふぁ、ふぁれ……なんにゃか、きもちよくなってきましたぁ……えへへへ」

幸せそうに笑いながら藍星は身をまるめて横たわる。寝息をたてて、その場で眠ってしまった。

「こうなると思った……」

巧克力は人を酔わせる。そのため、かつては媚薬《びやく》としてつかわれたとか。藍星が妙な気を起こさずに眠ってしまうだけでよかった。藍星に外掛をかけてから調薬を続ける。

卵、砂糖、薄力粉、蕩《とろ》けた巧克力をまぜてから、竃《かまど》にいれても割れない陶器の盃《さかずき》に流しいれる。続けて寒いところでかためておいた巧克力の塊を二層になるようにしずめた。器の底に眠る巧克力には毒が隠されている。

竃で焼きあげて、最後にひとつまみだけ、白砂糖を砕いたような粉をまぶす。

ようやく薬ができあがった。

遠くから響いてきた鐘は鶏鳴《けいめい》（午前二時）を報《しら》せるものだ。いつのまにか、日を跨《また》いでしまった。慧玲は焼きたての薬をもって雪梅の部屋に赴く。

◇

月に叢雲《むらくも》、花に風という言葉を聞くたび、ひとりの舞姫の姿が想い起こされる。度重なる不幸に見舞われながら、季節を違えて咲き誇る紅梅のように強くあり続ける女《ひと》だ。

麗雪梅《リーシュエメイ》。慧玲はそんな彼女に敬意を懐《いだ》いていた。

雪梅の部屋はあらんかぎりの花で埋めつくされていた。茶梅に艶蕗、金盞花と寒椿《かんつばき》と初恋草、白菊と、霜に晒されても咲き続ける強い花たちにかこまれて、雪梅は静かに堪え続けていた。垂れた腕は透きとおり、雫《しずく》がしたたっている。燈火《とうか》に照らされたその頬は白梅のごとく青ざめていた。

寒さは落ちついてきたようだが、猛毒に蝕まれていることに変わりはない。だが彼女は慧玲に視線をむけ、紅唇《くちびる》を咲かせて微笑んだ。

「できたのね」

「調いました。熔岩巧克力蛋糕《フォンダンショコラトル》でございます」

慧玲は盆ではなく鍋敷きに載せて、薬の盃を運んできた。

盃の縁から溢れんばかりに盛りあがった生地が誘惑の香りを振りまいている。女官たちがそろって唾をのんだ。

「そう、おいしそうね。……小鈴。食べさせてちょうだい」

腕のない雪梅には匙が握れない。

小鈴はまだ震えていたが、頷いて薬にゆっくりと匙をいれた。暗雲みたいな生地がさくっ、ふわりと割れて、熱々の蜜が溢れだす。加加阿の蜜だ。

雪梅は息をふきかけてから、それを口に運ぶ。強張っていた頬がゆるくほどけた。

「……なんて、あまいのかしら。こころまでとろけてしまいそうだわ。あなたの薬はこんな時でさえ美味なのね」

「だからこその薬です」

「ふふ、そうだったわね。小鈴、もっとちょうだい」

加加阿は砂糖や練乳を加えることで土の妙薬に転ずる。健康の要である血液や津液の循環を助け、水毒で衰えた火の臓たる心臓を養う。さらに薬能を強くするため、生地には附子《ブシ》の毒をまぜた。附子は猛毒の植物である烏兜《トリカブト》の球根からなる生薬だ。水の毒からくる寒さを絶ち、水滞を改善する効能がある。

加えて焼きあがったときに振りかけたのは砂糖ではなく、土だった。

ただし、珪藻《けいそう》の、食べられる土だ。正確にはこれは土ではなく藻の死骸や殻の堆積物である。珪藻土《けいそうど》は昔から救荒食物としても役だてられた。水毒や硫化水素を吸いとるだけではなく、肌、骨、髪などの細胞を強くし繋《つな》ぎとめる効果もある。

土の薬で水の毒を吸い、附子で絶つ。残るは木毒と金毒だ。

次に匙が差しいれられた瞬間、芳烈な香が弾けた。錬丹術師が発明した火薬から造られる、煙火の尺玉が炸裂《さくれつ》するように——

（きた）

これが底に隠された《毒》だ。

巧克力の香りに違いはないはずなのに、あきらかに質が異なっていた。例えるならば、濡れた金木犀《きんもくせい》か。落ち際の梔子《くちなし》か。嗅いだ者を酔心地《えいごこち》に耽《ふけ》らせる芳《ほう》醇《じゅん》な香だ。

匙を口に運んだ雪梅は瞳を見張った。

「からい……喉まで燃えそうだわ！　でも……なぜかしら、ここまでが余興だったのかと想うくらいにおいしい。いったい、なにが隠してあったの」

「蠍辣椒《ジョロキア》の蜂蜜漬けです。こちらを底にいれることで加加阿が完熟し、巧克力の香りに馴《な》れた最後に最も強い芳香が弾けだすという仕掛けです。それだけではなく、甘みも際だつはずですよ」

蠍辣椒は最強の辛さを誇る唐辛子だ。度を超えた辛味は猛毒だが、白澤の叡智をもってすれば妙薬となる。

巧克力に唐辛子。意外な組みあわせだが、実は薬として飲まれていた巧克力には磨《す》り潰《つぶ》した唐辛子をいれるのが定番だった。元祖の味ともいえる。

「ごちそうさまでした」

薬を食べ終わり、小鈴が匙をおいたのがさきか。

雪梅の腕から水しぶきが噴きあがった。膨れあがった水の膜が破れたのだ。

女官たちは悲鳴をあげたが、雪梅は眉の端ひとつ動かさずに微笑み続ける。

それは慧玲にたいする信頼の証《あかし》だった。

水の雫が舞い散って華となす。大輪の煙火が打ちあがり、華々しく散るがごとく。滝のように落ちては弾け、水沫《すいまつ》はなおも逆巻いた。

やがて水の乱舞が静まったとき、雪梅の腕は元通りになっていた。

雪梅は指を握ってはひらき、これまでのように動くことを確かめる。続けて彼女は膨らんだ自身の胎を触った。胎児が母親にこたえるように動き、雪梅は安堵の息をつく。

「慧玲」

雪梅は腕を伸ばして、慧玲を思いきり抱き寄せた。

雪梅の柔らかな胸に埋もれ、慧玲は戸惑いながらも視線をあげる。

「貴女にまた、命を助けてもらったわね」

微笑みかける雪梅からは、あまやかな香りが漂ってきた。

(ああ、これが母様のにおいなのね)

彼女の母親は袖にも髪にも薬のにおいがしみついていた。だが、なぜだか、本能のように母親のことを想う。

慧玲は母親に抱き締められたことがない。母親とは白澤の叡智を授け、導いてくれる師であって、幼さを許し、抱きとめてくれるものではなかった。

その時だ。

「っ……あ、お腹《なか》が締めつけられて……」

「は、破水が……ただちに産婆をつれて参ります！」

解毒の喜びから間を置かずに、雪梅が胎をおさえて喘《あえ》ぎだす。女官が慌てて吹雪のなか、飛びだしていった。臨月になってから、念のため春の宮に産婆を置いていたため、間もなく駈けつけてくれた。慧玲は頭をさげて退室しようとしたが、雪梅はその袖を握り締め、離そうとしなかった。

「貴女もここにいて」

「……承知いたしました。無事に御子が誕生されるまでお側におります」

爪紅《つまべに》の落ちた細い手を握りかえす。

「だいじょうぶよね、きっと健やかに産まれるわよね」

「ご心配にはおよびません。雪梅嬪の御子ですもの。強い御子です」

医師とはいえどお産の知識がない慧玲にはできることなど、ほとんどなかったが、側につきそい、励ましながら雪梅の額《かたど》から噴きこぼれる汗の珠《たま》を拭い続けた。

雪は知らぬうちにやんで、梅を模った飾り格子の窓から朝の光が差す。やがて暁紅《ぎょうこう》の中天《なかぞら》に明るい産声《うぶごえ》が響いた。

◇

雪が敷きつめられた石畳に車輪の轍《わだち》が続く。

無垢《むく》な新雪は白梅の花びらを想わせた。麒麟《きりん》紋の旗をかかげた豪奢《ごうしゃ》な牛車が春の宮についた。御子の誕生ときいて、皇帝が早朝から渡ってきたのだった。

慧玲は入れ違いに宮から退出していた。雪梅は疲れきって寝台に横たわっていたが、皇帝の訪《おとな》いと報されて重い身を起こす。

「子が産まれたときいた」

「左様にございます」

雪梅は緊張した面持ちで御子を差しだした。

珠のような赤子だ。毒によって一度は命が危ぶまれたとは想えないほど、健やかな頬をしていた。眠らずに瞳をひらいているが、ぐずつくこともなく穏やかだった。

「陛下……女児でした」

落胆されるだろうという想いがあった。産むときには、健やかに産まれてくれればそれでよいという一心で、男児であることなんてわずかも望みはしなかった。だが、今頃になって、風がすうと胸に吹きこむような不安感にかられていた。

「……そうか」

皇帝はなごやかに瞳を弛《ゆる》め、破顔する。

「ようやってくれたな、雪梅」

雪梅がほたりと涙をこぼす。

「ああ、有難《ありがた》きお言葉です。御世継ぎを産めず、お詫《わ》びのしようもございません。どうか、今一度、お情けを賜れれば」

「わかった。またかならず、そなたのもとに渡ろう。だが、今しばらくは産まれたばかりの帝姫《ていひ》に愛をそそいでやってくれ」

赤子を抱きあげた皇帝の言葉に雪梅は額《ぬか》づき、感謝の言葉を繰りかえした。皇帝は愛しげに御子をあやしてから、母親の腕にかえす。

雪梅は安堵して、新たな命の暖もりをたいせつに抱き締めなおした。

◇

季節を憶《おぼ》えぬ貴宮にも雪は降り、水晶宮《すいしょうきゅう》は雪洞《かまくら》のようになっていた。冬の水晶宮はさながら温室で、三百種を超える花々が咲き群れている。真昼になって融けだした雪のすきまから差す光は疎《まば》らで、花たちを真綿のように擁《いだ》き、穏やかに微睡《まどろ》ませていた。

「毒は滞りなく。春には命を落とすでしょう」

鴆の声は硝子張《ガラスば》りの室内でも響かない。

「そう、よかったわ。お疲れさま」

皇后がふふっと鈴を転がすように微笑する。毒殺について喋っているとはおもえないほど軽やかな響きだ。

皇后つきの風水師など、建前でしかない。

今や鴆は宮廷つきの毒師として暗躍を続けていた。おもに要人の暗殺をし、時々戦線に赴いては風水を騙《かた》って策謀を張り巡らせる。昨今、にわかに大陸の外部から国境を侵略されることが増えていた。先帝がいなくなったことで隙をつこうと動いている敵が後を絶たないのは事実だ。だがそれだけではない。避けようと働きかければ避けられる衝突や侵攻もあるのに、皇帝は牽制することなく敢えて受けいれている節があった。

(皇帝は戦をしたがっている？　いや、それにしては規模が小さすぎる)

小競りあいでも戦争は戦争だ。雑兵は命を落とす。敵味方を問わずだ。こんな戦いに何の利があるのか。

(皇后も皇后だ。何を考えている？　度重なる暗殺は、皇帝の意によるものなのか、あるいは皇后の底巧みに加担させられているのか。そもそも、皇后は僕の素姓を何処まで知っている？)

「ねえ、あなた」

金糸雀《カナリア》のような声に鴆は一度、思索から意識をひきあげる。螺鈿《らでん》をちりばめたような瞳が鴆のことを真下から覗きこんできた。

鴆はこの瞳が嫌いだ。

清水《せいすい》に魚棲《す》まず。透きとおりすぎたそれは、毒に等しい。それでいて、彼女からは悪意というものが感じられないのだ。毒殺の任を言い渡す時ですら、慈悲を施すように微笑を絶やさない。異様だ。

壊れているのか。あるいは人に非《あら》ざる化生《ばけもの》のような。

「あなたの系譜は《窮奇《きゅうき》の一族》というのだったかしら」

「左様ですが、それがなにか」

鴆の声から詮索されることにたいする強い拒絶がにじむ。だが皇后は素知らぬ振りをして続けた。

「窮奇といえば、毒のある有翼の虎のことよね。渾沌に匹敵する化生から称を戴《いただ》くだけあって、最強かつ難解な毒を扱っていたとか。大陸で最も優れた毒師として連綿と宮廷につかえてきたのに」

可哀想《かわいそう》に、と皇后は哀れむように眉を垂らす。

「先帝は毒を嫌っておられたけれど……いくらなんでも、火をつけて焼きはらうのは酷いわよね」

「……何が言いたい」

咄嗟に声が低くなる。かの一族は確かに、先帝の裏切りによって滅ぼされた。

先帝は毒師の一族と縁を絶つとき、毒が持ちだされて他を害することのないよう、一族の隠れ里ごと焼いたという。生き残ったのは鴆の母親ただひとりだった。鴆が産まれたのはその二年後だったが、母親から繰りかえし語られたその光景は現実に経験するよりも凄惨に網膜に焼きつき、骨髄に達するほどに深い怨恨の根を張っていた。

「ふふ、怖い顔をしないで。だからね、なにを知られているんだろうとか、考えなくてもいいのよ。妾《わたし》はぜんぶ、知っているの。あなたがなにを望んで、宮廷に帰ってきたのかも、ぜんぶよ」

でも構わないのよと、彼女は睫をふせた。

「妾のものを取らないでくれたら、他はすべて許すわ。あなたがなにをしても、妾だけは許してあげましょう」

どんな毒蟲に触れてもなんとも思わない鴆が総毛だった。百の蛇に絡みつかれてもこうは感じまい。だが、だからこそ、解る。

皇后が欲しているものは毒師ではなく、もっと他にあると。

「食べ損なったものがあるのよ。妾はそれがとても、食べたいの。他のものでは満たせないくらいに。とてもとても、とても……ね」

　唇をちろりと舐めて皇后は笑った。

「貴方《あなた》はいったい」

　沈黙を横ぎって、蝶《ちょう》が舞い降りた。毒々しい青を帯びた蝶だ。

「奇麗な蝶ね、あなたのおつかいかしら」

「……どうでしょうね」

　鴆は敢えてはぐらかした。皇后にはこれ以上は何ひとつも情報を渡すつもりはない。

「まあ、内緒なのねえ、ふふふ」

　皇后は気分を害した様子もなく、微笑をこぼす。

　彼女は喋りながら真冬でも咲き続ける薄紅の月季花《ばら》を愛《め》でていたが、なにを想ったのか、花の頚《くび》をもいで摘んでしまった。皇后には花を壊すくせがあるのだと、この頃になって鴆は知った。花が哀れだとは想わないが、みていて気分のいいものではない。

　もぎ砕かれていく月季花から視線を逸らせば、皇后は気づき、花瞼《かけん》を細めた。

「華はね、摘まれるために咲くのよ」

雪梅が帝姫を出産したという報せは風のように舞い、後宮から都にまで拡がった。皇帝の御子だと喜ぶものもいれば、姫であったことに落胆するもの、男でなかったことに安堵するものもいた。

◇

出産から一晩経ち、解毒の経過と帝姫に毒が残っていないかを検診するため、慧玲は冬の宮から春の宮に渡ろうとしていた。

宮と宮は二連橋《にれんばし》で繋がっている。庭や道の端には雪が残っているものの、妃嬪が転倒することのないよう遊歩道や橋などは綺麗に掃かれていた。葉を落とした梢《こずえ》にはまだ雪の牡丹《ぼたん》が咲き群れている。

ひとつめの橋の越えたところで見憶えのある影といきあった。冬の季妃たる皓梟《ハオシャオ》だ。鳥の羽根で織りなした披肩《がいとう》を纏い、白妙《しろたえ》の襦裙に銀の帯を締めている。

慧玲は橋の横に避け、通りすぎるまで頭をさげていた。だが皓梟は振りかえって、声をかけてきた。

「む、そちは食医ではないか」

「蔡慧玲にてございます」

皓梟は紅に縁どられた双眸を緩めた。

「そうか、そちが索盟《スオモン》の姑娘か」

索盟というのは先帝の諱《いみな》だ。彼のことを渾沌の帝でも先帝でもなく、諱で呼ぶものにはこれまで会ったことがなかった。白澤たる慧玲の母親、つまり先帝の妻を除いては。

「冬の妃妾たちを助けてくれたとか。礼節を失した小娘ばかりで済まなかった。彼女らにかわって、妾《わぬ》から礼をいおう。さすがは白澤の一族よの」

「恐縮でございます」

「されども、願掛け如《ごと》きで地毒に転ずとは……よもや、麒麟が死したかや」

思いがけない言葉に、慧玲は戸惑いを隠せなかった。

麒麟は皇帝の威光を象徴する。麒麟の死を語るとはきわめて不敬であり、現皇帝にたいする反心と見做《みな》されかねない。慧玲の緊張を感じてか、皓梟は続けた。

「ほほほ、物の例えよ。重く捉えるでない」

「はあ、例え、ですか」

「左様。麒麟が死したのであれば、宮廷で骸が見つかるはず。それが理《ことわり》よな。されどそのような話はない。しからば麒麟は衰えてはおろうが、確実に生き延びておる。麒麟がある かぎり、万象万物は中庸にむかう。じきに地毒も収まろうや」

皓梟は謡《うた》うように語ると、羽根で織られた披肩をひるがえす。去るのかと思いきや、最後にもう一度振りむいて彼女は言った。

「ああ、骸といえば、後宮にある古き廟《びょう》を知っておるかや」

「南西のはずれにございますね。確か、訳あって皇族の廟に眠ることができず、かといって一族の墓に入ることもなかった皇后の亡骸《なきがら》が眠っているとか」

「あの霊廟《れいびょう》に人の骸は納められておらぬ」

皓梟は言いきった。

「そもそも後宮のなかに廟があるなぞ、異様であろう。果たしてや、なにを納めた廟であったのか……妾は調べておるのよ」

微笑を残して、皓梟は今度こそ通り過ぎていった。

奇矯《ききょう》な妃――言葉を選ばずにいえば、後宮一の変わり者だとは噂されていたが、確かに捉えどころがない。つかめば融ける雪を想わせる御仁だ。

「慧玲様」

皓梟といれ違いに藍星が駆け寄ってきた。

藍星には、庖厨で働いている女官にあるものの配達を頼んでいたところだった。

「終わりましたよ！」

「お疲れさまです」

「毎年寒くなると凍傷《しもやけ》に悩まされていたそうですが、今季は秋から薬を飲んでいたので、一昨日の寒さも無事に乗り越えられたと喜んでいました！」

藍星の報告に笑顔で相槌《あいづち》を打ちながら、慧玲は頭のなかで考えを巡らす。

麒麟は死んだ。先帝が処刑されたあの晩に。

それは紛れもない事実だ。

だが息絶えた麒麟に触れた慧玲は気絶し、意識を取りもどしたときには罪人として投獄されていた。それからは処刑場に連れていかれ、皇帝と取引をした。離舎に帰されたあと、再度確かめた時には麒麟の死骸はこつ然と消滅していた。

麒麟の亡骸は果たして、何処にいったのか。

胸が重く、脈を打つ。身のうちで別の命がうごめくように。

# 第五章　毒狼と黄金飴

春の宮は賑やかだった。

春節にさきがけて祭りでも催しているのかと想われるほどに華やいでいる。聞けば、雪梅の出産は春の宮全体の祝賀であると、春の季妃たる姚李紗《ヤオリイシャ》が通達したという。

慧玲が雪梅の宮を訪ねると、李紗が祝いに訪れていたところだった。李紗は幼《いとけな》さを漂わせた奥ゆかしい女だ。薄絹の襦裙を重ねてふわりと纏い、肩に領巾《ひれ》を掛けた姿は咲き誇る八重桜を連想させる。

李紗が帰るまで慧玲と藍星は廻廊《かいろう》で控えることになった。

唐木の飾り格子を通して女ふたりの華やいだ声が聞こえてくる。

「御子は春の宮の姫として、みなで愛《いつく》しんでたいせつに育てましょうね」

「有難きお言葉です、李紗様」

「なにか必要なものがあれば、遠慮なさらずに。雪梅嬪の御家《おいえ》は高貴な士族であらせられると聞きおよんでおりますが、遠方に居られては気軽に頼ったり必要な物を取り寄せたりするのも難儀でしょうから……」

廻廊では李紗つきと想われる宦官が、慧玲と同じように話が終わるのを待っていた。

奇妙な宦官だ。癖のある棘髪《おどろがみ》。鼻から顎までを隠すように狼を象《かたど》った仮面をつけている。腰には大型の刀を帯びていた。細身だが、ぎょっとするほどに上背があり、壁にもたれて脚を組むさまは世辞にも育ちがよいとはいえない。

妃ほど身分のあるものが宦官を連れているというだけでも異様だ。宦官はぎろりと慧玲を窺《うかが》うように一瞥《いちべつ》した。

「その若白髪《わかしらが》……お前が食医の姑娘か」

ひび割れた低い声だった。

「左様でございます」

なにか、と続けたかったが、季妃つきであるかぎりは彼のほうが身分が上だ。丁重に頭をさげたが、彼の視線からは敵意のようなものを感じた。

いやな臭いがする――体臭ではなく、心根の深くから滲《し》みだすような臭いだ。

「わたくしはこれにて失礼いたします。寒いですから、御身をいたわってくださいね」

李紗が退室してきた。彼女は宦官に微笑みかける。

「さあさ、参りましょうか。卦狼《グァラン》」

卦狼と呼びかけられた宦官は無造作に頷いて、李紗に従った。その様子は、従者というよりは用心棒といわれたほうが納得できる。

「しっつれいな男ですね、こんなに綺麗な銀の御髪《おぐし》にたいして若白髪なんて」

藍星が後から頰を膨らませていた。慧玲はそれをなだめ、気を取りなおして雪梅の私室に入る。一昨日の晩にかき集めた茶梅や椿《つばき》がまだ散らずに飾られていた。

「散ってもいないのに、取りかえるのはもったいないでしょう」

赤子を抱いた雪梅が微笑みかけてきた。

「その後、お変わりはございませんか」

「いたって健康よ。この娘《こ》もお乳をたくさん飲んでくれて、頰なんて林檎《りんご》みたいだと想わない？　ねえ、杏如《シンルウ》」

爪紅を落とした指で赤子の頰をなでる。

「杏如様ですか、素敵なお名前ですね」

「ええ、陛下から賜ったのよ。杏《あんず》とは医者のことをいうそうじゃない。大事なく産むことができたのは慧玲のおかげとお伝えしたら、それならば杏如がよいだろうと」

「健康とは医者のみで為《な》すものにあらず。解毒できたのは雪梅嬪と杏如様の御力です」

待望の皇子ではなかったが、皇帝が御子の誕生を喜んでくれているのだとわかって、慧玲は安堵した。意外でなかったといえば、嘘になる。だが、よくよく想いだせば、慧玲の叔父であった頃の皇帝は情の厚い男だった。

皇帝が金糸雀を愛玩していたのを想いだす。

彼の私室は鳥籠だらけだった。どれも孵《かえ》った時から嘴《くちばし》がかけたり、事故で脚や翼が折れてしまった金糸雀ばかりだったが、彼は手ずから餌をあげ、たいそう可愛《かわい》がっていた。脚の動かない欣華皇后と、翼が折れた金糸雀が妙に重なった。

政《まつりごと》を敷くかぎり、情だけでは動けない。

慧玲を処さなかったのも地毒を制するためだと想っていたが、姪《めい》にたいする情もあったのだろうかと今更ながらに想う。

仁慈《じんじ》があったからこそ、あれほど慕っていた先帝を制することもできたのだろう。そうでなければ、臆病で、戦嫌いだった叔父が先帝に剣をむけられるはずがない。よほどの決意だったはずだ。

(そのご恩に報いなければ)

慧玲は決意を新たにする。

「ね、貴女も抱いてあげて」

「よろしいのですか」

雪梅から赤子を預かる。暖かな重みは命の重さだ。

「なにがあろうと、護《まも》ります」

「ありがとう」

雪梅は綻ぶように微笑んだ。

彼女は今、穏やかな幸せのなかにいる。そんな雪梅に敢えて話すことではないかもしれないとはおもった。だが明確にしなければ、今後、帝姫を護れない。慧玲は杏如を雪梅にかえしてから、問いかけた。

「……雪梅嬪に毒を盛った者について、調査は進めておられるのですか」

雪梅は杏如を揺り籠に寝かせながら、すうと微笑を陰らせる。

「ねえ、陛下の御子を毒殺しようとした罪は、どれくらい重いとおもう？　よくて死刑。最悪、一族にも死罪が及ぶでしょうね。うちの女官たちはいい娘《こ》ばかりよ。魔がさすことはあっても」

「まさか看過されるおつもりですか」

会話を遮るように隣の部屋で甲高い声があがった。

「おまえが雪梅様に毒を盛ったんだろう！」

慌てて騒ぎのもとにむかえば、小鈴が同僚の女官に思いきり頰をはたかれたところだった。小鈴は瞳を潤ませ、頰をおさえる。

「ふた月前、おまえのところに陛下の御渡りがあったから、それで雪梅様の御子が邪魔になったんだ！」

「……違います」

小鈴が震えながら、声をしぼりだす。

「ほつれていた刺繡を繕ったのは黄葉です。私は外掛にはいっさい触れておりません」

「そんな！　確かに私が外掛を修繕しましたけれど、毒なんて」

黄葉は青ざめる。

「おやめなさい！」

雪梅の一喝が響いた。騒いでいた女官たちが水を打ったように静まりかえった。

「ここに毒を盛ったものがいるはずがないわ。だから、そんなことで争うのはやめてちょうだい」

母の怒声が聞こえたのか、雪梅の私室で杏如が泣きだす。

「藍星、杏如様の御側についていて」

「はい、承知いたしました。慧玲様」

藍星が雪梅の私室にむかい、女官たちは誰もが気まずそうにうつむいた。雪梅は声を落としてから、みなに語りかける。

「私は、貴方たちを信頼している。ほんとよ。わずかも疑ってなどいないわ」

雪梅は敏い。女官たちにも懐妊をふせていたことから考えても、思慮もなく他人を信頼するわけではない。だから、これは信頼というより情けだ。一度だけならば素知らぬ振りをするから、死刑を命じなければならないようなことはするなと。

寛大さにあまんじて、罪を繰りかえすものもいるだろう。だが愚かしいまでの情けに心を動かされるものもまた、いる。

小鈴がわなわなと震えだした。

「っ……も、申し訳、ございません」

呵責《かしゃく》に堪えかねたように小鈴が膝をついた。板張りの床に額をこすりつけ、彼女は赤子の泣き声よりも悲鳴じみた声で訴える。

「私、です！　私が、御身に毒を……」

雪梅はひどく動揺して「嘘、よね？」と縋るように問《と》い質《ただ》すが、小鈴の涙が如実に語っていた。誰よりも忠実に仕え続けてきた小鈴こそが毒を盛った犯人であると。

「で、でも、御子が流れるだけだと。こ、こんなひどい毒だなんて、お、おっ想わなかったんです。しっ、信じてください、雪梅様を危険にさらすつもりはなかったんです」

彼女は毒を侮りすぎている。

毒とは人を害するもので、命を奪うものだ。都合よく扱えるものではない。熟練した毒師でも、喰われる気構えで毒に挑む。

「……小鈴」

雪梅はなにを想ったか、小鈴に歩み寄ると腕を振りあげ、勢いよく彼女の頭をはたいた。想像だにしなかった衝撃に小鈴は呆然と瞳を見張る。

一拍遅れて、彼女は叱られた子どものようにひどく頬をゆがめ、泣きだした。

「ごめんなさい……ごめんなさいぃぃ」

雪梅は盛大にため息をついてから、目線をあわせるようにしゃがむ。

「言い訳だったら、もっときちんと喋ってごらんなさい。聞いてあげるから」

「……だって、うらやましかったんです、雪梅様のことがずっと。わ、私だって良家の娘として産まれたはずだったのに」

小鈴は訥々《とつとつ》と身上を語りだした。

「うちはそれなりに裕福な家筋だったんです。でも後をついだ父が商才に乏しく、物心ついたときには家は傾きはじめていて……年の離れた兄様の放蕩《ほうとう》で私財がついに底をつき、私は奉公で都に。眠る暇も惜しんで勉強し、女官になるための試験に受かりました。念願だった後宮入りを果たして――その後は雪梅様つきの女官に選んでいただき、実家にも多額の仕送りができて」

かみ締めるように言葉を切る。

「充分すぎるほどでした」

小鈴は雪梅を怨んでいたわけではない。いつだったか、「雪梅様は思ったことをすぐに口にされるので誤解されやすいですが、心根が優しく情の厚い御方です」と小鈴は慧玲に語った。その言葉に嘘はなかった。彼女は雪梅を慕っていたはずだ。

「でも御渡りがあって、私にも望みがあると……そう想ったら」

声が細る。結わえた髪を振りみだして、小鈴は濡れた頰に爪を喰いこませた。

「幼い時分から繰りかえされてきた家族の言葉が、頭から離れなくなって」

「貴女は、なんと言われて育ったの」

「……産んでやった恩をかえせと」

ああ、それは呪いだ。

どう足掻《あが》いても振りほどけない、錆びた血の鎖だった。

「御家のために最良の家と婚姻なさい。そのためだけに娘を産んで、育てた。ほんとうならば、産んですぐ捨ててもよかったんだ。折檻《せっかん》をしても傷を残さないでやったのはそのためだと」

頰に喰いこむ爪の先端はまるめられていて、肌を傷つけるにはいたらない。だが、心は傷だらけだった。

「皇帝陛下の寵を賜れれば、家族にも……愛、愛して……もらえるかと、おもって」

最後は言葉にならなかった。雪梅は小鈴の話を静かに聞き続けていたが、ふわっと紅の袖を拡げ、小鈴を抱き締めた。

「つらかったわね」

雪梅の瞳から涙がこぼれた。

「女なんか一族からすれば貢ぎ物の華だもの。摘まれてはじめて役にたつ、飾り物のひと枝よ。でも、ほんとうは殿方の部屋には飾られずとも、野でも森でも、華は懸命に咲き誇っているだけで」

そこまで語って、彼女は苦いものをかんでしまったように唇をつぐんで、静かに微笑んだ。雪梅もまた、そうだったからだ。貢ぎ物として育てられ、舞を身につけ、今もまだ後宮という花籠に飾られている。枯れるまで咲き誇ることを強いられて。

だからその言葉の続きは、彼女には紡げない。

祈るだけだ。そうありたかった、そうあって欲しかったと。

「御子が、できたんです。陛下の御子を賜ったんです」

裙帯《くんたい》を締めているのでわかりにくかったが、小鈴が襦裙を押さえると、確かに胎が膨れていた。

「そう。よかったわね、祝福するわ」

「祝福して、くださるんですか……ああ、私は、なんてことを」

雪梅の慈心に触れて、あらためて毒を盛ったみずからの浅ましさに慄《おのの》いたのか、小鈴が頭を振った。

「――――畏れながら、小鈴様」

事のなりゆきを静観していた慧玲だが、明確にしなければならないことがひとつ、あった。この場でそれができるのは食医たる慧玲だけだ。

「御渡りがあったのはふた月前でしょう。胎が膨らみすぎています。御典医はご懐妊に相違ないと？」

「……医師には、まだ」

「確かめさせていただいても？」

否と言わせる隙もなかった。

小鈴の脈を取る。予想したとおり、滑脈がない。慧玲は哀しい現実を宣告する。

「……残念ですが、御子はおられません。想像懐妊かと想われます」

「うそよ。だって、ちゃんと……ここに」

小鈴が慧玲の腕を振り払い、自身の膨らんだ胎を押さえた。絶望、哀《かな》しみ、困惑、疑いと様々な感情が強張った瞳のなかを浪《なみ》のように渡る。

雪梅はなぐさめる言葉を持たず、女官たちも気の毒そうに眉を曇らせ、うつむくばかりだった。だが不意に、重い沈黙を破るものがいた。

母親を恋しがる赤子の声だ。

藍星が弱った様子で泣きじゃくる杏如を連れてきた。

「ごめんなさい、やっぱりお母様じゃないとだめみたいで」

藍星は赤子をみるのに慣れていて、杏如もしばらくは落ちついていたが、そろそろ他人では限界のようだ。むずがる杏如を抱きあげて、雪梅は「お母様はここにおりますからね」と優しい声で語りかける。杏如は嘘のように泣きやみ、母の胸で穏やかな寝息をたてはじめた。

「そっか、……そうだったんだ」

小鈴は母娘の姿をみて、現実を受けいれたのか、静かに肩を落とした。

「私は、家族の道具でした、ずっと。でも、今度は私が自身の子どもを道具にするところだった。そのために産もうとしていた。だからこの胎がからっぽで、……よかった」

彼女は強がって微笑もうとして失敗する。堰を切ったように声をあげて泣き崩れた。

雪梅はそんな小鈴をいたわるように見つめ、女官たちもまた小鈴の背をさすり、誰もこれ以上は責め続けることはしなかった。


小鈴が落ちついた後、黄葉が玫瑰茶《メイグイチャ》を淹《い》れてきてくれた。異境の薔薇《ばら》を想わせる香りが漂う。玫瑰《ハマナス》には心の昂《たかぶ》りを鎮める効能がある。

「ひとつ、教えていただきたいのですが、あの毒はどうやって入手したのですか」

小鈴はまわりに警戒しながら、声を落としていった。

「思いなやんでいたときに矢文が。括りつけられていた布には毒の金糸が包まれていて、毒のつかいかたが綴られていました。布は燃やせと書かれていたので、すぐに処分しましたが……なんとか読める程度の荒れた筆遣いでした」

慧玲はそうですか、と言いながらも意外に想った。隣でお茶請けの月餅を頰張っていた藍星に視線をむける。皇后が藍星に毒を渡したときは貴宮の女官をつかったという。だがこの度は矢――しかも荒れた筆跡だったという。後宮でも字を書けない女官や宦官は多いが、さすがに貴宮の女官で読み書きが苦手なものがいるはずがない。

小鈴をつかって、雪梅を殺そうとしたものが皇后のほかにいる。

胸のなかで微かに火が燃える。

白磁に飾られた茶梅が一輪、はらりと散った。

◇

水茎の跡も麗しく愛の詩《うた》を綴る。

春の細流《せせらぎ》を想わせる達筆さで、李紗は皇帝に宛てた懸《け》想文《そうぶみ》をしたためていた。

彼女の側には仮面の宦官がついている。彼は斜陽差す土壁にもたれ、刀を握り締めていた。

「初雪の候にふさわしい律詩《りっし》が書きあがりました。ふふ、陛下に喜んでいただけるかしら。明晩こそはわたくしのもとにきてくだされば、嬉しいのですけれど」

木簡をかざして、李紗は華のように微笑んだ。その指には皇帝から贈られた金の指輪がある。

宦官は三白眼を細めていう。

「俺にゃ詩《し》の妙《たえ》はわからんが、媛《ひめ》さんほどの女に慕われて歓《よろこ》ばない男はいねェさ。そんな野郎がいたらそいつは不能か、男寵家《なんちようか》だ」

「まあ、卦狼《グアラン》ったら」

卦狼と呼ばれた宦官の、品の悪い言葉に李紗はこまったように眉を垂らしたが、後から嬉しそうに眦《まなじり》を緩めた。指を組み、恥ずかしそうにはにかむ。

「あなただけですよ。そんなふうに優しい言葉をかけてくれるのは」

日頃から春の華だと褒められることはあっても、それらは季妃にむけられたものであり、姚家《ヤオけ》という士族の家筋にたいするものだ。打算や世辞に過ぎない。

「今度陛下が御渡りくださる晩のために、お薬をつくっていただけませんか。その、房事の時にきもちよくなれるお薬を……」

「皇帝にか。なんだ、勃たねえのか」

「そんな！　陛下はご健在でございます。それに……皇帝陛下にはお薬は盛れませんよ。薬は、わたくしが飲むためです」

思いあたる節があったのか、卦狼はばつが悪そうに眉根を寄せ、視線を逸らした。

「嵐に散らされて、あれきりだめなんです。でも、わたくしは華ですもの。咲かなければ、ね……陛下にきちんと歓んでいただかないと」

卦狼の厚い胸に頰を埋めて、李紗は睫をふせた。しじら織りの長袍《チャンパオ》を握り締める指さきは強張り、微かに震えている。金の指輪が光を弾いてちらちらと潤んだ。

「……わたくしが触れられるのはあなただけです」

卦狼は李紗の頭を抱き寄せた。

「俺は、媛さんのためだったら、なんだってしてやる」

髪を梳《す》く武骨な指の優しさに李紗は瞳をゆがめ、哀しそうに微笑む。愛されることの罪をかみ砕き、飲みほそうとするように。

◇

日が落ちた。

慧玲は離舎に帰ろうと、提燈を提げて梅の庭に面した廻廊を渡っていた。藍星は官舎から通ってきているので、すでに別れている。

「慧玲」

後ろから声を掛けられ、振りかえれば雪梅が追いかけてきた。

「貴女にもう一度、きちんと御礼《おれい》を伝えたくて」

「わざわざ、そんな。まだ産後でご体調もすぐれないでしょうに。それに今晩もお寒いです。お風邪でもめされたら」

「貴女にだけ、聴いてほしいことがあって」

雪梅は胸の裡《うち》に秘めていた想いをほどくように白い息で言葉を紡ぐ。

「私は、華であれと育てられたわ。縛られた、といえばそう。でも、私は杏如のことも同様に育てるでしょう」

「承知しております」

それもまた、母親の愛だ。

意外だったのか、雪梅は瞳を見張った。

「貴女は、責めるかとおもったわ」

「こうあれと教えることは呪詛ではないと想っております。それは毒にも薬にもなることです。ですが、それがかなわなかった時にいっさいを否定し、拒絶することは……毒だと」

産まれたときに捨ててもよかったと言われたのだと小鈴は嘆いた。そう言われた時に、心は捨てられている。捨てられるほどに子はなおも親に縋りつくものだ。その時に植えつけられる毒――恩をかえせ、さもなければ。

あれは根深い毒だ。

「杏如に愛する御方ができたら、その時は、好きな季節に咲きなさいと言うつもりよ。それが真冬でも、真夏でも。見事に咲き誇れるかどうかはわからずとも。……散っても、しおれても、季節を選ぶのもまた華だもの」

雪梅がそうであったように。

彼女は雪のなかでも咲き続ける梅だが、真に咲き誇ったのはただ一度、最愛の男のためだけだ。殷春《イエンチユン》は愛に殉じ、雪梅の愛も永遠になった。

「雪梅嬪はよいお母様になられますよ」

「ありがとう」

紅の唇を綻ばせて、彼女は笑った。

「あとひとつ、これは黄泉《よみ》まで抱き締めていくことなのだけれど」

貴女にだけ――と言って、慧玲の耳もとに唇を寄せ、彼女は囁いた。

「私はこの娘《こ》を殷春との子どもだと想って、育てるの。……女にはそれができるから」

人を愛した、ただそれだけ。

華の秘は明かせば、散る。ゆえに最期まで胸に秘めて、華は咲くのだ。

雪梅は静かに微笑みながら袖を振って、慧玲の背後を指す。息をのんで振りかえれば、廻廊からは雪花《せっか》を咲かせた梅の枝が見えた。季節を違えた白梅。燈籠《とうろう》のせいか、そこだけがぼんやりと光を帯びている。

あれは殷春が命を絶った梅だ。

「愛しておられるのですね」

季節が巡っても。

女の愛は、強い。慧玲はなぜか、母親のことを想いだす。先帝を、あるいは先帝だけを愛していた女のことを。

雪梅は微かに睫をふせた。

「私は幸せよ。でも……ねえ、貴女はつらくはないの」

真意をはかりかねて、慧玲は首を傾《かし》げた。

「私が飾り物の華であれと育ったように、貴女は薬であれと産まれ、薬であり続けているわ。命を賭け、こころを砕き、身を捧《ささ》げて。それは、つらいことなのではなくて？私は貴女の薬に助けられてばかりだから、なにも言えないけれど」

毒であれ、華であれ、薬であれ。

かくあれと産まれて、育つことは等しく重い。

「いつか、薬でなくともいいと言って、貴女のすべてを愛してくれるひとが現れることを祈っているわ。貴女は……ほんとうは薬などなくとも、愛されるにふさわしい姑娘だもの」

雪梅の眼差しは慈愛に満ちていた。

それなのに、胸に棘が刺さったようにひりついた。曖昧に微笑みながら、慧玲は頭の端で想う。

(私は薬であり続けたいのよ。薬でなくともいいなんて言われても、どうすればいいのか、わからない)

鴆に囁きかけられた言葉が、頭のなかで渦を捲《ま》いた。

知ったら薬ではいられないから、あんたはこわいんだ——

胸の底に隠した傷を、鴆は捜りあてて、啄ばむ。

彼は彼女の最大にして、ただひとりの理解者だ。恐ろしいほどに彼女の傷を知っている。あるいは彼もまた、癒えることのない傷を抱え続けているのだろうか。

◇

草も木も眠る深更《しんこう》に蝶が舞った。

青い蝶だ。昼に舞うのが蝶、宵に踊るのが蛾《が》だとすれば、これは蛾なのかもしれない。

鴆は蝶に導かれて春の宮の屋根を渡っていた。凍雲《いてぐも》が棚引いて月の遠い晩だが、鴆には提燈など必要ない。

真紅の灯に飾りつけられた廻廊は、塔から鳥瞰《ちょうかん》すれば盛る芍薬《しゃくやく》を想わせた。

（さながら妓楼《ぎろう》だな。華の後宮だなんてそれらしい言葉で繕ったところで、結局は皇帝のための花籠だ）

先ほども皇帝が乗った牛車とすれ違った。風水の結界で護られた牛車には、毒蟲を紛れこませるだけの、針の穴程度の隙もなかった。

（麗雪梅を蝕んだ毒はあきらかに毒師が造ったものだ。だが僕じゃない）

皇后から命じられて鴆が毒殺しているのは後宮の妃嬪などではなく、宮廷の官職や士族といった、政にかかわる宮廷の要人ばかりだった。

（ほかにも毒師がいる。それだけならば、捨ておいても構わないことだ。だが、あれを調毒できるのは同族だけ）

毒師の素姓を確かめるため、鴆は偵蝶《ていちょう》をつかった。この蝶は、調毒した毒を一度吸わせれば、毒師を捜しだすことができる。

蝶は窓の格子をすりぬけて、春の季宮《ときみや》の一郭にある部屋のなかに吸いこまれていった。あの部屋に毒師がいる。鴆は雪に足跡を残すようなうかつなことはせず、蛇のごとく屋根から窓に足を掛け、内部へと侵入する。

部屋のなかは暗かった。

男が窓に背をむけ、調毒をしている。蒸留瓶や煮沸器、有毒鉱物からなる丹薬などが乱雑に積まれている。錬丹術だ。男は視線をあげないが、鴆の侵入にはすでに感づいているはずだ。

「僕のほかにも窮奇の一族に生き残りがいたなんてね」

鴆が声を掛ければ、ようやくに男は振りかえった。男――卦狼は胡乱《うろん》な眼差しで鴆を睨みつけ、眉根を寄せた。

「偵蝶に毒蟲の群……人毒《じんどく》か」

「へえ、解るのか」

「禁毒を扱えるのは一族でも宗家《そうけ》だけだ。貴様、あの時の娘のせがれか」

「さあ、どうだろうね」

鴆は煙のように捉えどころのない言動を続ける。

「あの晩、集落は燃え落ちた――月のない凍える晩だったね。一族は地獄の劫火《ごうか》に喰われ、ひと夜にして根絶やしとなった。骨も遺《のこ》らなかった。あの時の怨嗟は先帝が処刑されたとて晴れず、腹の底で燃え続けているはずだ。違うか」

卦狼の瞳が一瞬だけ、揺らいだ。燻ぶっていた火が、風にあおられるように。

「……わすれられるはずがねェよ」

重い沈黙を経て、卦狼は喉を低く呻《うな》らせた。

「いまだに夜ごとの夢のなかじゃあ、炎《ひ》が燃えてやがる」

ひそかに唇の端をもちあげ、鴆が誘いかける。

「僕とともに復讐をしないか」

「先帝は死んだ」

「だが帝族はなおも君臨している」

鴆は忌々しげに唾棄した。

「これは帝族にたいする怨みだ。そうだろう？　散々一族の毒に頼ってきたくせに、大陸を制覇した途端に毒師を疎んで縁を絶ち、あげく一族を史実の闇に葬った。何百の命とともにね」

あんたは許せるのかと、鴆は人が最も触れられたくない傷に毒を垂らす。

「同胞、家族、女——あの時、燃えたものはなんだった」

卦狼が惑った。時を経て薄れてきていたはずの創痕《きずあと》を抉《えぐ》りだされ、とうに燃え滓《かす》となっていたはずの絶望から一縷《いちる》の火が熾《た》ちあがる。

「……許せねェな、だが」

卦狼は毒にのまれなかった。蜘蛛《くも》の糸を振り払うように彼は頭《かぶり》を振る。

「俺はいまさら復讐をするつもりはない」

一閃《いっせん》。先に剣を抜きはなったのは鴆か、卦狼か。あるいは同時だったか。

二振りの剣刃が暗幕を裂いた。衝突。風が弾ける。

続けて二撃。これもまた短剣と刀が絡まるばかりで、互いの身には及ばなかった。

「手練《てだ》れだね。調毒だけではなく妃嬪の護衛もしていたのか」

「貴様も強《つえ》ェな。細いくせに一撃が、重い」

喋りながら、卦狼は剣を押しかえす。

鴆が振るう短剣は黒曜石で造られていて、剣身には猛毒が施されていた。かすり傷でもつければ、一瞬で毒がまわる。たいする卦狼の刀は鉈《なた》ほどの厚みがあった。単純な膂力《りょりょく》ではがたいに恵まれた卦狼が勝る。だが鴆のほうが敏捷《びんしょう》で、その剣筋はつかみどころがなかった。転がされた毒の素材や鼎《かなえ》などを避けながら、鴆は乱舞する。

風が呻るような剣戟《けんげき》。

「っ……」

鴆の短剣が嵐を掻いくぐって、卦狼が肌身離さずにつけている仮面を弾きとばした。

現れた卦狼の素顔には酷い火傷痕《かしょうこん》があった。左側の頬はただれ落ちたのか、口角が頬骨の際までざっくりと裂けている。まるで狗《いぬ》の顎《あぎと》だ。口だけではなく鼻筋にも炎に舐められた跡が刻まれていた。これほどの火傷ならば、嗅覚は鈍っているはずだ。慧玲が毒から臭いがしたと言ったのは、この鼻のせいもあったのだろう。

「酷い傷だね。あの晩だろう？　命からがら火禍《かか》から逃げだし、あんたひとりだけ、生き延びたわけだ」

感情のぶれにともなって、卦狼の動きが鈍りだす。短剣の先端が長袍の筒袖を裂き、糸くずがちぎれ舞った。

「残してきた者たちの亡霊が枕べに訪れたりはしないのか。皇帝を殺せと喚かないのか。火傷はどうだ。二十五年も経てば、疼《うず》かないか」

鴆は毒の舌をもって、言葉巧みに傷を抉る。卦狼は剝《む》きだしの奥歯を喰い縛って、湧《わ》きあがる激情をかみ砕いた。

「亡霊は、喋らねェよ。罵っても嘲ってもくれねェもんだ」

卦狼が勢いよく斬りかえす。

「さっきから視《み》てきたみたいに語ってやがるが、二十五年前の晩、貴様は産まれてねェはずだ」

「だから何？　怨みは血に融けるのさ。毒みたいにね」

彼は悪辣に嗤った。たいする卦狼は険しく眉根を歪めている。

「あァ、毒だ。だから、鼓膜に垂らされ続ければ、経験したこともない怨嗟だって骨髄・に到《いた》る」

卦狼の刀が短剣を弾きかえす。

「あの晩、里のまわりにゃ皇帝の軍はいなかった。里を燃やしたのが誰の思惑だったのか、俺は知らねェよ。だが、誰よりも毒に秀いでた宗家の娘だけが生き延びるたァ、蠱《こ》毒《どく》みたいな燃えかたじゃねェか」

刀が鴆のわき腹をかすった。血潮が散る。

追撃を避け、鴆がひとつ、後ろにさがった。

「……何が言いたい」

鴆が眸をとがらせる。燈火を映して、紫が鈍く揺らめいた。

「怨みなんてのは後から植えつけられるもんだってことだ。だから俺にとっちゃあ、怨みなんかより恩のほうがはるかに重い」

失望したように鴆が殺意を強めた。

「あくまでも僕と組むつもりはない、か。だったら、死になよ」

鴆の袖から有翼の蛇の群が飛びだす。

鴆は幾百の蟲を帯びて幾千の毒を宿す人毒だ。殺すつもりならば、彼はそもそも剣などつかわない。

蛇は牙を剝いて卦狼に襲いかかる。卦狼は刀を振るい、蛇を順に斬り落とす。ふたつに裂かれた蛇は毒の血潮をまき散らしながら床に落ちた。血潮に触れても毒、かまれても毒。だが卦狼は神経を張り巡らせ、毒を退けながら鴆にむかって踏みこむ。

「卦狼、だいじょうぶですか？」

唐突に廊下から女の声がした。李紗だ。

物音で起きてきたのだろう。李紗は警戒もなく戸をあけた。残っていた蛇がいっせいに李紗へとむかう。

「────ッ」

卦狼が咄嗟に身をかえして、李紗をかばった。

蛇が卦狼の腕や脚に喰らいつく。

「つぐ」

「卦狼⁉」

李紗が悲鳴をあげた。

(春の妃か)

春妃である李紗に姿を晒すのはさすがに危険だ。となれば、ふたりとも殺すか。だが、春妃が毒蛇にかまれて命を落とせば、皇后に感づかれるだろう。今は動向を探られたくない。鴆は窓にあがり、撤退した。その時、あるものを落としたが、鴆は気づかなかった。

鴆が去ると蛇の死骸はすべて煙になって消滅し、蛇がいたという痕跡すら残らなかった。

操者から離れると、線香を四等分にした程度の時間で燃えつきる──これが化蛇《かだ》という蟲の特徴だ。卦狼に喰らいついていた蛇も煙となったが、身のうちに打ちこまれた毒は残る。卦狼が喀血《かっけつ》して、膝から崩れ落ちた。李紗は訳もわからず、ただ彼を抱きかかえて、懸命に呼びかける。

「なんで、こんな……なにがあったのです」

「……──懐かしいなァ」

卦狼はすでに意識が遠のき、李紗の声も届いてはいない様子だった。

「あん時もこうやって、俺を拾ってくれたんだったな。媛さんは、まだちっちゃくてよ……あの時から、俺は………」

うわごとめいた声がどんどん細くなる。

「聴こえません、なにを言っているのですか……卦狼、卦狼」

李紗が泣きながら卦狼を揺さぶる。鴆はまだ屋根で聴き耳を立てていたが、あの様子では朝を迎えずに命を落とすだろうと考えた。

(毒するものは毒される、か)

夏妃がそういって死に絶えたのだと慧玲は語っていたが、真理だ。毒師は碌《ろく》な死にかたをしない。里ごと燃やされた一族も、毒蛇にかまれた彼も、鴆の母親もまた然《しか》りだ。

(僕もいつかは毒されて、死に絶える)

それが報いというものだ。

◇

鵺《ぬえ》の鳴く晩だった。

不穏な鳴き声だけが雪に浸《し》みわたる。重い静寂を破ったのは暁を待たずして離舎の戸をたたく妃の悲鳴じみた声だった。

「助けてください！　どうか……」

慧玲が戸を開けるや否や、李紗が縋りついてきた。

「お願いです、卦狼を……わたくしのたいせつな宦官を助けて」

「李紗妃！　いったいなにが」

李紗は寝室で身につける中衣《ちゅうい》だけで外掛も羽織らず、髪すら結っていなかった。それだけでも尋常ならぬ事態だとわかる。

細い背には気絶した宦官――卦狼を担いでいた。擦りむいた頬をみれば、時々転びながらも必死に離舎までやってきたことが窺える。

「まずはあがってください」

慧玲は一緒に卦狼を抱きかかえて、なかに運んだ。

仮面をつけていない卦狼は惨たらしい容貌をしていた。ずいぶんと昔に酷い火傷を負ったのか。慧玲はこの程度では動じないが、むしろ気に掛かったのは臭いだ。宦官の服には硫化水素の臭いがしみついていた。胸騒ぎがした。だが、よけいなことは考えてはならないと咄嗟に思考を振り払う。彼は患者だ。

卦狼の胸もとには喀血の痕があり、強張った四肢が時おり痙攣《けいれん》している。強い毒に侵されていることはあきらかだ。

床に身を横たえさせてから卦狼の服をぬがせ、傷を確かめた。

脚と腕にかけて、咬傷《こうしょう》が散らばっている。青紫がかった腫脹《しゅちょう》からして、毒蛇だろうか。加えて肌には鉤爪《かぎづめ》で掻かれたような線状の毒紋が浮かびあがっていた。腕からまわった毒は肩を通ってわき腹に、脚の傷から拡がった毒は腰にまで侵蝕《しんしょく》してきている。

毒紋が胸を侵せば、死だ。

「なにがあったのですか」

「わかりません。眠っていたら彼の私室から物音がして、なにごとかと訪ねていったら、彼が飛びだしてきたんです。抱き締められて――矢のようなものが、続けざまに彼に刺さったようにおもいました。ですが、確認しても矢は刺さっておらず、ただ異様に苦しみはじめて」

「蟲、あるいは蛇などはいませんでしたか？」

「暗かったので確かではありませんが、とくに見かけては……あ、でもこんなものが」

李紗はある物を差しだしてきた。慧玲は瞳を見張る。

「玉佩《ぎょくはい》ではありませんか」

玉佩とは上職だけが腰に佩《お》びることができる装身具だ。剋では身分証のような物としてもつかわれていた。渡された玉佩は紫玉《しぎょく》で造られていたが、彫刻されていた意匠はあろうことか――

「麒麟は帝族の身分を表すものでは……なぜ、このようなものが？　もう、なにがどうなっているのか」

「憶測で語るのは危険です。贋物《にせもの》かも知れません。お預かりしても構いませんか」

李紗は震えながら頷いた。

今は毒の解明が先決だ。

矢のように飛び、痕跡を残さない毒――白澤の書が頭のなかで嵐のように捲《まく》れ、言葉が乱舞する。蛇、蟲、生物の毒の項を過ぎて、人が造った毒の項に至る。

化蛇。

慧玲が息をのむ。

「間違いありません、これは化蛇の毒です」

化蛇とは毒師が造りだした毒蟲だ。毒殺の証跡を残さずに敵を暗殺できるため、不可視の毒という異称があった。

ただし、毒師からわずかでも離れると消滅するため、遠隔ではつかえず、加えて化蛇は月と日を怖がるので動かせる時も限られる。つかいこなすのはきわめて難しい。

卦狼が微かに呻《うめ》いた。化蛇の毒のまわりは速い。証拠を残さない毒物と記録されるとおり、被毒者が絶命すると毒紋もまた消滅する。腫脹も次第にひき、残されるのは小さな牙の跡だけだ。これほど強い毒に侵されながら卦狼にまだ息があるのは、毒にたいする耐性が備わっているという証左である。

「彼は、助かりますよね。助けてくださるのでしたら、なんでもいたします……だからどうか、お願い……」

李紗が涙ながらに訴える。

すぐにでも助けなければ、と考える理性とは裏腹に、慧玲の心は凍てついていた。

「……彼は、毒師ですね」

「っ……」

李紗があからさまに動揺する。

化蛇は線香のように燃えつきることから、煙蛇《えんだ》ともいわれるが、この煙が香《こう》をともなうことはない。卦狼の服から漂った臭いは、彼自身が日頃から扱っている毒のものだ。

そしてその異臭は雪梅に差しむけられた毒の臭いと同じだった。

「雪梅嬪が毒を盛られました。特殊な毒で、毒師にしか調毒できないものです」

努めて冷静に喋りながら、胸のなかでは沸々と湧きあがるものがあった。

まちがいない、雪梅を毒したのは李紗だ。

あの毒で、雪梅も杏如も命を落とすところだった。だというのに、李紗はなにをおもって、帝姫の誕生を祝いにきたのか。男ではなかったことを嘲笑《あざわら》っていたのか。それとも産まれてきたことを、本心では呪っていたのか。

「ご存知ですか」

李紗は青ざめた唇を結び、黙り続けている。

「雪梅嬪がどれほど苦しまれていたか。御子を案じていたか」

「……わ、わたくしは」

ああ、これは怒りだ。疎まれても、罵られても、殺されかけても、こんなふうに怒りがこみあげてきたことはなかった。慧玲が受けてきた屈辱や痛みなど、胸のうちでひとつ毒づけば、終わることだったからだ。

だが、雪梅を殺そうとしたことは。

(許せない)

果たして助ける必要があるのかと、頭のなかで声がした。

(毒するものが毒されただけだ)

鴆ならば、そう言うだろうと想った。

卦狼を襲ったのは鴆だという確信がある。

なぜ、鴆が玉佩をもっていたのかは謎だが、これだけ強い蟲を扱えるのは彼くらいのものだ。それに鴆は、あの毒を造った毒師に関心をもっていた。

(薬がなければ、この毒師は息絶える)

燃える吹雪が荒ぶ。

(だって、これは報いじゃないか)

かんたんなことだ。薬はできません。毒がまわっていて手遅れだ、と言えば終わることだ。李紗は宦官が毒に侵されたことを公にするつもりはないはずだ。だから女官にも頼らずに離舎まで連れてきたのだ。

この宦官が命を落としても、食医としての責任を問われることはない。

「残念ですが」

慧玲が言いかけたその時、李紗が崩れるように額づいた。震える指をそろえて、低く頭をさげる。

「お詫《わ》びいたします。罰ならば、受けます。陛下の御子を害した罪人として告訴なさってください。ですが彼は無実です。彼は、わたくしの命令に従っただけで」

「……違う、俺がやったんだ」

気絶していたはずの卦狼が呻るように声をあげた。最後の力を振りしぼり、がくがくと震え続ける身を起こして、慧玲の袖をつかむ。

「妃嬪に毒を盛ったのは、俺だ。罪に問うなら、俺だけにしてくれ」

呂律《ろれつ》もまわらぬ口を動かして息も荒く懇願する。満身創痍《そうい》だが、眼差しは強かった。

「これは、報いだ……」

「違います！」

悲鳴をあげたのは李紗だ。

「報いならば、わたくしが受けるべきです。だってあなたが毒してきたのはすべて、わたくしのためでしょう！」

「馬鹿いうなよ。媛さんは、なにもしてねェだろうが。全部、俺が俺のために……やったことだ」

言い争いながら、互いをかばいあう。

（ああ、毒じゃない）

誰もがひと匙の悪意で毒に転ずるものだ。

だが彼は、彼女は、今、毒ではなかった。

（今は、私の怒りこそが、毒だ）

雪梅ならば、許すだろう。助けることを望むはずだ。

限界に達したのか。糸でもきれたように卦狼は重心を崩して倒れこむ。李紗は彼を抱きかかえ、泣き崩れた。

死なせるわけにはいかないと想った。最期は天命にゆだねるにしても、私は薬なのだから、患者のために力をつくさなければ。

「これから、薬を調えます」

慧玲の言葉に李紗が泣き腫らした顔をあげる。

「ほんとうですか。彼を……助けてくださるの？」

「李紗妃、解毒のためならば、なんでもすると仰せでしたね」

「もちろんです。彼の命が助かるのでしたら、なんでも」

慧玲は腕を伸ばして、李紗の薬指に触れた。李紗は息をのみ、頰を強張らせる。

「こちらの指輪を、ください」

「こ、これは陛下から賜った……」

そう言いかけて、李紗は未練を振りきるように指輪を抜き取った。

「承知いたしました。どうぞ。……高値《こうじき》なものです。報酬にはふさわしいかと」

「誤解なさらず。報酬ではありません。そんなものは要りません」

純金の指輪を受け取り、慧玲は言った。

「薬につかいます」

◇

化蛇の毒は風《ふう》の毒である。

風の毒は、木毒に属す。だが化蛇は造られた毒だ。薬は難解で、毒は単純。その理は調毒されたものにおいてはあてはまらない。木毒を解くだけでは勝てない。

調薬は闘いだ。毒を通して慧玲は鴆と対峙《たいじ》する。

春の宴のときを想いだす。あの時はまだ鴆のことを知らなかったが、今は違う。彼がどんなふうに毒を造り、なにを語り、どんな顔をするのかも想像がつく。

彼は嗤うだろう。紫の双眸を細めて。

解けるものだったら、解いてみなよ、と。

だから、いまは心を静かに。湧きあがる怒りは残らずかみ砕いて、飲みくだせ。喉が焼けただれるほどに熱くとも――彼と闘うならば、喰らうか、喰われるかだ。

ひと呼吸経て、意識を砥《と》ぎすませた。

「始めます」

誰にともなく声をかける。

まずは金の指輪を融かす。金は燃えれば融けだすが、温度がさがればまた金の塊に戻る。食せる状態にしなければ、薬にはならない。

黄金は銅や銀と違って腐食することのない金属だが、王水という劇毒《げきどく》だけは唯一、燃やさずに金を融解することができる。王水のなかに指輪を落とす。かき混ぜ続けると、指輪は跡形もなく融けた。純金が融けた王水を煮沸して微生物を殺す毒と混ぜあわせれば、純金だけが分離して沈殿する。後は丁寧に洗浄して取りだすと、雪のように細かい純粋な金ができた。

化蛇は日と月を忌む性質を持つ。

金は日の力を帯びた最強の鉱物だ。月の要素は最後にして、さきに蛇の毒にたいする薬能を調える。

蜜穴熊《ミツアナグマ》が食べ残した蜂蜜を鍋で煮る。蜜穴熊は毒蛇にかまれても毒に侵されることがない。そのため、毒蛇の多い砂漠地帯では、穴熊の唾液がまざった蜂蜜は蛇の解毒薬とされた。

蠍辣椒、別甲《ベッコウ》、桂皮、火蝶《ヒトカゲ》の抜け殻を乾燥させたものを挽《ひ》き砕いてから鍋に加えて、蜂蜜が煮詰まってきたところで純金を混ぜた。

火蝶は異境に棲む竜の一種で、火をつかさどる。とても希少な物だが、有毒だ。これで慧玲の母親が遺してくれた抜け殻をつかいきってしまうことになる。王水もそうだが、母親が収集していた漢方には毎度助けられている。

配分をわずかでも誤ったら、蜂蜜は錆色に濁る。

鴆と剣を突きつけあっているような一拍の緊張。鍋の底で毒蛇が牙を剝き、燃えさかる竜の猛《たけ》る様が視えた。

蛇が竜を喰らうか。竜が蛇を喰らうか。

光が弾けた。

鍋の底にある蜂蜜がきらきらと瞬き、太陽を想わせる光を宿す。

（……私の勝利ね）

ひと匙すくって紙に乗せ、満潮の時にだけつくれる特別な海塩《かいえん》を振りかけた。この海塩には月の力が融けている。

後はかためるだけだ。冬の寒さで、蜂蜜はすぐに結晶となった。

「調いました。黄金飴《オウゴンアメ》です」

飴を渡された李紗は眩しげに瞳を細めた。飴が強い黄金の光を帯びていたためだ。彼女は感嘆の息を洩らしながら、ぽつと言った。

「古い伝承を想いだしました。昔は天に日が九つあって、大地の生き物たちが眠りにつけずにいたので、弓の名手が不要なものを射落として日をひとつと、月だけを残したと。その時に落ちてきたひとつがこの飴になったといわれても、わたくしは疑いません」

これは、あまいのですかと、李紗は訊《たず》ねてきた。

「残念ながら、毒に侵されていないものには辛すぎて舐めることもできないでしょう。ですが、必要とするものには、頬が蕩けるほどにあまやかに感じます」

薬とは旨くなければならない。だが、なかには薬を要するものにだけ、旨く感ずる薬もある。

李紗は薬飴をつまみ、壁にもたれていた卦狼に差しだす。

「薬です。口を開けてください、卦狼」

だが卦狼は、動かなかった。

「卦狼？」

毒がまわり、意識が混濁しているのか、卦狼はあてもなく視線を漂わせるばかりだ。

「卦狼……ねえ、薬を……お願いよ」

毒紋は肋骨を侵していた。心臓に達したか。

脈があり、呼吸はしていても、すでに手遅れなことはある。

「食べてちょうだい、卦狼……どうか、死なないで」

李紗が泣きながら、彼に飴を舐めさせようと試みているが、無理に押しこんでも裂けた口の端から落としてしまう。

間にあわなかったか――

こんな結末になるのではないかと想像はついていた。なぜならば、彼はこれが報いだと諦めていたからだ。

命を諦めた患者を助けることは、医師にはできない。

毒がにじむように紋が拡がる。まもなく脈がとまるだろう。

「死なせて、なるものですか……」

李紗は眦を決する。

「何度でも助けます。あなたは、わたくしのものですもの」

青ざめた桜唇《おうしん》を割り、自身の口に飴を投げいれた。慧玲は咄嗟に制止しかけて、彼女の眼差しの強さに言葉をのむ。

毒ではないのだ。ひたすら、地獄のように辛いだけ。

「うっ、くっ」

李紗は飴を含んだ途端に噎せかける。はきだすことはなんとかこらえたが、尋常ではない辛さに涙が浮かんだ。

「ぁ……ねえ、どうか」

燃えるような辛さに喘ぎながら、李紗は飴をかみ砕いた。

卦狼の唇にみずからの花唇《かしん》を重ねる。

李紗はわずかな隙に舌を挿しこんで、飴を口移しした。だが彼には、飴を舐めるだけのちからも残されてはいない。

李紗は舌を絡ませて、一緒に飴をとかす。

「っふ……」

接吻《せっぷん》というにはあまりにも懸命な。

祈りめいた情交だった。

その時だ。卦狼の喉仏が、動いた。飴のかけらを飲みこめたのだ。

またひとつ、もうひとつと李紗はかみ砕いた飴を口移しする。次第に卦狼の呼吸が落ちつき、毒紋が退いていった。

「っ……媛さん」

卦狼がついに死の際から息を吹きかえす。

李紗は瞳を見張って、ほろほろと涙をこぼした。

「……また、泣かせちまったな」

彼は李紗の涙を拭いながら、彼女を抱き寄せる。

「よか、った」

喉まで焼けてしまったのか、李紗は息も絶え絶えで、声はひどく嗄《か》れていた。それでも桜のように微笑む。

風の毒は絶たれた。愛は毒に転ずるが薬にもなる。

ほかでもない李紗の愛が、毒を絶ちきったのだ。

慧玲が賛嘆の息を洩らす。

「感服いたしました」

いつのまにか、宵の帳《とばり》は解けて、白い朝がきていた。

◇

「……彼が毒をつかって、どなたかを害するのは、これがはじめてではありません」

茶を飲んでようやく声がもどってきた李紗はほつほつと語りはじめた。

卦狼はあの後、すぐに眠ってしまった。李紗は心配していたが、寝息も脈も落ちついているので、解毒の疲れが取れたら意識を取りもどすはずだ。

「その口振りですと、あなたが命令したわけではないかのようですが」

「命じたことはありません。ですが、望みました、雪梅嬪が死産なさることを」

李紗は言葉を濁さなかった。

「それとなく彼に伝えていたということですか」

「木簡に望みをしたためて、願掛け桜の根かたに埋めてきてもらいました」

端正な筆致で書かれた呪詛を想いだす。あれは李紗のものだったのか。

「二十五年ほど前になるでしょうか。彼はひどい火傷を負って、森のなかで倒れておりました。死に瀕していた彼を放っておけず、邸《やしき》に連れて帰りました。それからというもの、彼はわたくしにつかえ、わたくしを害するものを毒殺し続けてきました」

ひと呼吸挿《はさ》んでから、彼女は言う。

「はじめは士族の男だった、とおもいます。その男はまだ幼かったわたくしを部屋につれこむと、無理やりに組み敷き、散らしました。なにをされているのか、その時は理解できませんでした。身をひき裂かれたように痛くて、気持ちが悪くて……悲鳴をあげ続けました。男はわたくしの首を絞めて殺そうとしましたが、悲鳴を聞きつけた卦狼が助けにきてくれ、一命は取りとめました」

李紗は落ちついていたが、握り締めた茶器のなかではさざ波が絶えることはなかった。震えているのだ。

花を散らされる。それがどれほどおそろしいことか。

同じ姑娘の身である慧玲には想像に難くなかった。

「ですが、罪に問うことはできませんでした。わたくしの一族よりも男の身分のほうが高かったためです」

大理寺《だいりじ》も刑部《けいぶ》も司法とは総じて権力の側につく。まして女の側などにはつかない。

「でも、まもなくして」

李紗はかみ締めていた唇をぱっとほどいた。硬いつぼみが綻ぶように。

「士族の男が死んだと、知らされました。夥しい血潮を喀《は》き、自身で吐瀉《としゃ》した血潮の海に沈み、苦痛に身もだえながら息を引き取ったと」

彼女は心底嬉しそうに微笑する。

「安堵しました。何カ月かぶりに悪夢にうなされず、眠れたのを憶えております」

あるいはそれで終われば、よかったのだ。

「それからです。わたくしに害をなすものたちが続々と不審死を遂げるようになりました。わたくしを虐《いじ》めていた家庭教師も、嫌がるわたくしに触れようとした馭者《ぎょしゃ》も――次第に過剰になっていき、先の春妃が命を落としたのも、おそらくは」

報復ですらない。彼女の欲望のために毒がまき散らされるようになった。

「毒を制すことができるのはあなただけだったはずです」

「仰《おっしゃ》るとおりです。でも、とめませんでした」

李紗は瞳を綻ばせた。

「だって、それが彼の愛だったから」

穏やかに寝息をたてる卦狼の髪を撫《な》でながら、李紗は愛しげに睫をふせる。

「どれだけ悪いことでも、わたくしは……嬉しかった。毒殺されたという噂を聴くたび、愛される幸せをかみ締めておりました。だって春妃さえいなくなれば、と望んでいたのは事実ですもの」

事ここにおよんでも、李紗は果敢《はか》なく愛らしく。

いかなる春の華よりも麗《うら》らかだった。

「どうか軽蔑なさって、心根の腐った華《おんな》だと」

それゆえにゆがんでいた。

「公訴してくださっても、構いませんわ。雪梅嬪に毒を盛ったこと、春妃を暗殺したこと。罰は受けます。喜んで」

虚勢ではなく、現実に死刑となっても李紗は胸を張って刑場にむかうのだろう。殺すことが彼の愛だったように、その愛のさきで裁かれるのが彼女の愛だ。

慧玲は重いため息をついた。

「私は、毒を絶つだけです」

裁く者ではなく。かといって許す者でもなかった。

「ですが、誓ってください。今後けっして、彼には毒を造らせないと。毒すものは毒される。今度は助けませんよ」

李紗は視線を揺らし、ひと筋の涙をこぼして頭をさげた。

「誓います――この度のことでやっと解りましたから」

李紗は身をかがめて、惨たらしい火傷痕が残る彼の鼻さきに頬ずりをした。柔らかな髪が滝のように流れ、彼を擁く。

「彼がいてくれれば、それだけでいいと」

妃の称号も皇帝の御子も、ほんとうは要らなかったのだ。愛が側にあることは、得難い幸福だ。雪梅が望んで叶《かな》わなかったものを、李紗はすでに持っている。

彼女の唇は愛しい男の輪郭をたどり、喰らいつくように喉へと接吻を落とした。

愛というものが、慧玲にはまだぼんやりとしか理解できない。理解できないものは、こわい。

（ああ、そうか。私は愛がこわいのか）

それは母親を破滅させた毒だ。

だが、李紗が卦狼の命を繋ぎとめたようにそれは薬にも転ず。

恋をしてごらんなさい、といった雪梅の言葉がなぜだか、耳に甦《よみがえ》る。愛も知らず、恋も知らず。慧玲は眼を瞑り、絡む思索の糸を絶った。

◇

卦狼が意識を取りもどしたのは日出《にっしゅつ》（午前六時）の鐘が鳴りだす頃だった。まだふらついていたので、慧玲は提燈を提げ、竹林を抜けるあたりまでふたりを送った。

朝から雪がちらつき、雲が低く垂れこめている。

李紗は慧玲が引きかえすまで頭をさげ続け、卦狼もとくに自身から語ることはなかったが、感謝の意を表すように低頭していた。


離舎に帰りつくと漢方のにおいにまざって、微かだが煙の香を感じた。

「やあ、あがらせてもらっているよ」

寝台に腰かけた鴆がちからなく袖を振って、微笑む。

「一睡もできなかったからさ」

だからといって、なんでここにくるのか。

日頃から余裕を崩さない彼にしては珍しく、ひどく疲れている。腕には包帯がまかれていた。どうして傷を負ったのか、推察できるからよけいにふれられず、慧玲はため息をひとつこぼす。提燈をおいて、鴆の横にすわった。

「……もうちょっとしたら、藍星がくるから、それまでには帰ってちょうだい。彼女はおまえといると悪寒がするそうよ」

「はっ、僕も明藍星のことは嫌いだね」

「藍星はいい娘《こ》よ」

「どうだか。刺客だったくせして、貴女に信頼されてる。……気にいらない。ついでに麗雪梅のことも嫌いだ」

「あきれた。好きなひとなんかいないんじゃないの」

鴆はあいまいに沈黙して、慧玲の肩にもたれかかってきた。

「安心しなよ。明藍星は、昼頃まではこないよ」

「なにかしたんじゃないでしょうね」

「部屋にちょっとね。毒のない蟲だが、彼女は蟲ぎらいだろう？　今頃は箪笥《たんす》までどけて追いまわしているんじゃないか」

哀れ、藍星。今頃は悲鳴をあげながら蟲と格闘しているに違いなかった。

問い質したいことがひとつ、またひとつと頭をもたげる。なぜ、卦狼を毒したのか。なぜ、麒麟紋が彫刻された玉佩を持っていたのか。だが敢えて言葉をのむ。

彼がなにも語らないからだ。さきほどまで春妃と卦狼がいたことも解毒をしたことも解っているだろうに、彼はそれについてはふれなかった。

ならば今は、ただの風水師と食医の姑娘として――あるいはそれすらも捨てて、側にいようとおもった。

鴆が寝台に横たわる。寝るのだろうか。ほんとうに眠りにきたのかと意外におもっていたところ、彼は慧玲の腕をつかんで、ひき寄せた。

「あんたも寝なよ」

慧玲は鴆の胸に倒れこむ。

「隈《くま》ができてる。どうせ、ほとんど眠ってないんだろう」

「……悪夢ばかりなの。夢なんか、みたくもないのに」

先帝に襲われる夢。あるいは皇帝の気が変わって処刑される夢。眠っていても安らぎがなく、李紗がきた時もまだ起きて調薬をしていた。

だが、最もおそろしかったのは殺される夢ではない。

母親がただ黙って慧玲のことを睨みつけている夢だ。あんな夢をみるくらいならば、眠らないほうがましだった。

鴆が髪に指を絡め、唇を寄せてきた。

「……新たな毒をなじませてきた。人毒は入れ替えられる。これだったら、貴女をちょっとくらいは毒せるはずだ」

静かな接吻だった。

痺《しび》れるような睡《ねむ》りが唇から喉に落ちて、胸を、頭を侵す。

毒を感知して、わずかに鼓動がはねたが、眠りへの誘《いざな》いのほうが強かった。

「夢はみないよ。僕が毒で壊してやるから」

「そう。だったらこなごなに壊して」

彼の腕に頭をゆだねて、慧玲は瞼を重ねる。

早朝までは確かに彼の毒と闘っていたのに、今は一緒にいることがこんなにも穏やかだ。だが今度会えば、なぜ李紗の宦官を殺そうとしたのかを慧玲は問い質すだろうし、鴆もまた慧玲を傷つけ、揺さぶりをかけるだろう。どんな言葉がふさわしいのかもわからない関係だ。

（愛、か……）

最もふさわしくない言葉なのに、なぜか思い浮かぶ。

だがその考えも散り散りになって、緩やかに眠りへと落ちていく。意識の糸を離すまぎわ、首筋に痺れるような熱が触れた。接吻だ。

「……好きだ。ほかのものなんか要らない」

すでに言葉の意味を理解するだけの思考は廻らず、寂しげな、縋るような響きだけが微か、鼓膜に残る。

「だから、道連れにさせてくれ」

◇

夢はみなかった。

隅中《ぐちゅう》（午前十時）の時鐘に慌てて身を起こすと、鴆はおらず、煙のにおいがわずかに残っているだけだった。秋にもこんなことがあったと想いだしつつ身支度をする。襦裙には卦狼の血痕が残っていたので、着替えて、笄《こうがい》で髪を結いなおした。最後は鏡にむかって毒の簪《かんざし》を挿す。

いつだったか、母親の瑠璃の簪をこっそりと髪に挿したことがあった。綺麗なものに惹《ひ》かれる、幼い姑娘らしい時分が慧玲にもあったのだ。

母親があれほどまでに怒ったのは後にも先にも、あの時だけだ。

これは、索盟が私に贈ってくれた物なのですよ、それをよくも――そう声を荒げて、彼女は姑娘から簪を取りあげた。その時はなぜ、母親が激怒したのかわからず、ぼう然とするばかりだった。だが、今ならば理解できる。

母親はそれほどまでに父親を愛していたのだ。

それなのに、母親はついに先帝だけは、解毒できなかった。

今際《いまわ》になって母親は言った。

貴方ですよ。貴方が――――れば、彼は命を落とさなかったのですよ、と。

母親は姑娘を怨んでいたのだろうか。最後に残した言葉は、最愛のひとを奪った姑娘にたいする報復めいていた。事実、その言葉で絶望した慧玲は毒をのんだ。

それでも母親は、壊れた先帝から、命を賭して慧玲の身を護り続けたのだ。

（わからない）

どれほど望んでも、死者は語らぬものだ。

鏡に映る瞳は母親と同じ緑だった。暗い瞳を覗きこんでも、なにもこたえてはくれず、沈黙が続くばかりだ。

そのとき、重い静寂を破るように賑やかな靴音が響いてきた。騒々しいほどに健やかな声が濁った思考を吹きとばす。

「おはようございます、ちょっと聞いてくださいよ！　今朝起きたら、部屋に蟋蟀《こおろぎ》と飛蝗《ばった》がわらわらと！　もうほんとにうじゃうじゃといて！　卓に蟋蟀、窓にも飛蝗、果ては寝台にまで！　地獄かとおもいました！」

息もつがずに訴えられて、想わず笑ってしまった。

「ご愁傷様でしたね」

「ほんとですよ！　全部残らず成敗するのに、時間が掛かってしまって！　箒《ほうき》でたたいたら、ぐちゃあ、って触れたくもないのに潰れたものまで掃除しないといけなくなって……というわけで、遅刻しちゃいました」

陰りかけた心を、藍星は日常に連れもどしてくれる。

鏡から離れて、慧玲は薬箱の準備にかかった。まずは依頼してきた妃妾たちのもとにいかないと。秋の宮と、春の宮だったたか。

「あ、そうだ。皇后様がお呼びでした。雪梅嬪のことで御礼がしたいとかで」

「……皇后様は何処に耳をもっておられるんでしょうね」

雪梅が倒れたことは公表していないはずだ。正直にいえば非常に怖いのだが、呼ばれているのに無視するわけにはいかない。

「いきましょうか」

笹《ささ》は雪に埋もれ、白銀のなかに青竹の節が際だっている。

時は進み、季節は循《めぐ》るものだ。悔やみ、惑い続ける人の想いをおきざりにして。

◇

貴宮はいつもと変わらず華やいでいた。

水晶宮の天蓋に積もった雪はすでに融けており、内部は麗らかな陽光と季節折々の花とで埋めつくされていた。

噎せかえるほどの花の香を従えて、百華の女帝のように欣華皇后が微笑んでいた。

「雪梅嬪の御子が無事に誕生したのは、あなたの功績だと聞いたわ。帝姫の命を救ったのよ。ふふ、さすが、妾の可愛い食医さんね」

雪梅の女官に皇后の密偵でもいるのだろうか。かといって、真っ向から訊《き》けるはずもないので、頭を低くさげて「恐縮です」とだけ言った。

「よって、蔡慧玲を昇級させ、正五品《しょうごほん》・才人《さいじん》に叙任致します」

正六品《しょうろっぽん》・宝林《ほうりん》、正七品《しょうななほん》・御女《ごじょ》までは御妻《ぎょさい》という位に属するが、才人ともなれば世婦《せいふ》にあたる。

「残念だけれど、あなたが先帝の姑娘であり、陛下の寵を得られないかぎりはこれが最高位になるわ」

「めっそうもございません。過ぎたるご厚誼《こうぎ》を賜り、御礼《おんれい》申しあげます」

皇后が車椅子を転がして、慧玲の側までやってきた。額づいていた慧玲が想わず視線をあげると、皇后はどこまでも穏やかに語りかけてきた。

「妾はね、陛下のご寵愛《ちょうあい》を信じているのよ」

咄嗟にはなんのことか理解できなかったが、一拍を経て直感する。雪梅が毒を盛られた時に慧玲が皇后を疑ったことを看破し、牽制しているのだ。慧玲は青ざめ、弁解する言葉を捜したが、それよりもさきに皇后が続けた。

「どのような華と戯れていても、最後には、妾のもとに帰ってきてくれる――そうおもって待ち続けるのもまた、愛なのよ」

欣華皇后は華らしく微笑んだ。

◇

晴れわたる盛冬《せいとう》の昼さがりだった。春妃と宦官が貴宮の橋を渡っている。あどけなく可憐《かれん》な媛だ。そんな彼女につき従う宦官は狼を模した仮面をつけていた。

「こんなに晴れたのは久し振りですね、卦狼」

「ずっと雪続きだったからな」

毒に侵されたあの朝から七日が経った。卦狼は快復して、これまでどおりに春妃たる李紗に寄りそっている。今は皇后に呼びだされた帰りだった。

「……ほんとうによかったのか、媛さん」

卦狼がいたわるように声を掛けた。

「皇帝も皇帝だ。麗雪梅が帝姫を産んだからといって、春妃の席を譲れなんて」

李紗は緩やかに振りかえる。

「構いません。喜んでお譲りいたします。実はちょっとだけ、安堵しているのですよ。はからずも雪梅嬪にたいするせめてもの償いとなりました」

皇后は春妃に麗雪梅を迎えたいと言った。

皇后の希望というよりは皇帝からの提案だという。妃は季宮ごとにひとりだ。

つまりは春妃から退《しりぞ》いてくれということだった。

年が変われば、李紗は降格して嬪となる。彼女の一族は悔やむだろう。けれども李紗にはひと握りの未練もなかった。

「わたくしにはあなたがおりますもの」

卦狼は不承そうに呻ったが、李紗があまりにも嬉しそうなので、それ以上はなにも言えなかった。

対岸から橋を渡ってくるものがいた。鴆だ。

卦狼が眼を見張り、あの時の毒師だと気づいて神経を張りつめた。鴆は春妃をみて一《いち》揖《ゆう》した。李紗はまさか彼が毒師だとは思いもせず、会釈をかえして通りすぎる。すれ違いざまに卦狼は低く喉を鳴らした。

「貴様は……」

「僕がなにか？　僕は風水師だ。貴方は、宦官じゃないのか」

静かに声を落として鴆が釘《くぎ》を刺す。素姓を洩らすようなことがあれば報復するが、黙っているかぎりは窮奇の一族として係わることはないと。

「……そうだな、俺はただの宦官だ」

鴆はそれでいいとばかりに紫の眸《め》を細めて、背をむける。遠ざかっていく鴆の背は抜き身のやいばのように凍てついて、救いようもなく、孤独だった。

卦狼は想う。彼奴《あいつ》が蠱毒《こどく》の壺《つぼ》の底なのかと。

身に帯びているのは人毒のみにあらず。一族の怨嗟を一身に受けて、彼はどれだけの地獄を渡ってきたのか。それは、呪いじゃないか。

李紗が振りむく。卦狼？と唇が動いた。卦狼は過去の鎖を振りきるように踵をかえして、まっすぐに李紗のもとにむかった。

「ほんとうに綺麗な晴天ですこと」

李紗が青空に瞳を馳せて、笑う。

逢《あ》ってからどれだけ時が経っても、いとけない微笑は少女だった頃と変わらない。卦狼にはそれだけでよかった。いつか、息絶える時まで、彼が望むものはそれだけだ。

男は、愛する華の背を護るように歩きだす。

寄り添うふたりに時季《とき》知らぬ桜吹雪が降りかかる。それはさながら、永遠なる祝福だった。

◇

後宮では春節にむけて大掃除が始まり、朝から晩まで慌ただしい時期に差し掛かっていた。紅の垂幕が飾られ、窓には鳥や華を模《かたど》った切紙細工が貼りだされている。建物までもが新たな年の訪れに待ち遠しく想いを馳せて、紅を挿しているかのようだ。とくに春の宮は間もなく春妃が替わるとあって、女官と宦官が走りまわっていた。

あれから晴天が続き、雪は日陰に残るのみとなった。かわりに風が強く、時折突風が吹いては吊灯籠を踊らせていた。

診察を依頼され、冬宮にきていた慧玲は、高楼の吊り橋《つばし》で鴆と遇《あ》った。互いに繁忙をきわめ、あの朝に別れたきりになっていた。

「……やあ」

空気が張りつめる。

今度逢うときには彼は毒師で、慧玲は薬師だと解っていた。剣を交錯させるように言葉をかわし、傷つけあうことになるだろうとも。

「たいそうな博愛じゃないか。麗雪梅を殺そうとした毒師の命を助けるなんて」

「おまえはなぜ、李紗妃の宦官を殺そうとしたの。雪梅嬪を害したからといって、おまえが動くはずもない」

「貴女には関係がないことだ」

「毒師としての因縁でもあったの」

「言ったはずだよ、敏すぎると身を滅ぼすと」

鴆は紫の眸を歪める。宵の帳じみた漢服が寒風に煽《あお》られてそよいだ。

静かに睨みあいながら、慧玲は訝しんで眉の根を寄せる。

「おまえ、ずいぶんと毒々しいけれど」

「僕は、もとから毒だ」

「そうね。それでも、毒を隠すことはできていたはず」

もちろん、今でも妃妾や宦官程度には、彼の毒は感じ取れないだろう。だが慧玲からすれば、彼の視線ひとつからも荒むような毒気があふれ、側にいるだけで肌が痺れるほどだった。

「あんただって」

強い風が吹きつけ、吊り橋が軋《きし》みながら振られる。

「散々惑いながら薬にしがみついているだけのくせに」

慧玲が息をのむ。咄嗟に言いかえすには風が強すぎた。

「ねえ、先《せん》の白澤――貴女の母は何故、死を選んだんだろうね。彼女は皇帝から毒の盃を渡されたのではなく、みずから毒をのんだのだろう？」

風をくぐる低い声が耳底まで侵食していく。聞いてはいけない、と解るのに。

「……黙りなさい」

「白澤は知っていたはずだ。先帝の死後、剋が地毒の禍《か》に見舞われることを。そして毒疫を解毒できるのは白澤の叡智だけだと」

考えたことがあった。母親はなにを考え、命を絶ったのか。愛するひとがいない世界に堪えられず、絶望したのだと想っていた。

そう、想いたかった。

けれど、ほんとうにそうだったのか。

(愛が、毒に転ずるものであるならば、あれこそが)

にわかに、空が搔《か》き曇《くも》った。

颪で雲がながれてきたのかとおもったが、違う。外にいた女官や宦官がいっせいに騒ぎだす。恐怖する声や悲鳴の群につられて天を仰視した慧玲と鴆は絶句する。

陽が蝕まれていた。

正午を報せる鐘が響くなか、貪欲な蟲にでも喰われるように日輪が端から陰っていく。暗澹《あんたん》たる帳が大地に垂れる。

「……日蝕《にっしょく》」

慧玲がつぶやいた。

皇帝が、毒疫で倒れたのはその晩のことだった。

# 第六章　天衝く角の帝と佛跳牆

　時は、昨年の秋にさかのぼる。

　菊の風が吹き渡る宮廷で皇帝が盛大な宴を催していた。皇帝の姓は蔡《ツァイ》、名は索盟《スオモン》——慧玲の父親にあたり、後に死刑となる渾沌の帝である。彼が酒を満たせと掲げる盃は、敵の髑髏《どくろ》で造られていた。

　妃妾たちは一様に青ざめながらも、皇帝の機嫌を損ねまいと微笑を振りまいている。だが、張りつめた緊張のなかで、若い妃妾が銚子《ちょうし》を倒した。酒が食卓にこぼれる。がたがたと震えあがり、詫びる妃妾に皇帝は嗤いながら「構わぬ」と言った。

　安堵して頰を緩めた妃妾の首がずれて、落ちた。

「そなたが死ねばよいだけのことだ」

　血潮が噴きだす。妃妾たちは悲鳴をあげかけて、なんとかのむ。さもなければ、今度落ちるのは自身の首だと解っているからだ。

　嗤い続ける皇帝の瞳は血に飢え、濁っている。

　宮廷の枝葉を紅に染めるのは、秋風ではなく吹《ふ》き荒《すさ》ぶ血の嵐だった。

廷臣《ていしん》たちも皇帝の暴虐に身を竦《すく》め、項垂《うなだ》れるほかにない。苦言を呈した碧血《へきけつ》の忠臣は全員処刑された。皇帝は死刑に処された者たちの心臓を取りだしては貪っているのだという噂まであった。

誰もが憂う。索盟皇帝は渾沌の化生に落魄《らくはく》してしまったと。

あれほどまでに敏く、勇敢で、人徳のある君帝であったのに。

その時だ。宴の場に踏みこんできたものがいた。索盟皇帝の兄である胥雕《シュディアオ》だった。

「兄上か。どうだ、ともに飲もうではないか」

索盟皇帝は赤ら顔で盃を掲げて、雕《ディアオ》に笑いかける。雕は首を落とされ絶命している妃妾に視線をむけ、愛想笑いで頰をひきつらせながら、索盟皇帝に跪《ひざまず》いた。

「陛下、私が献上した異境の蜂蜜酒はお気に召して頂けたでしょうか」

「ああ、実に甘露だ」

「それはようございました」

弟である索盟は先皇后の御子だが、雕は下級妃妾を母親に持つ庶子だ。それゆえに兄に産まれながら、雕は皇帝にはなれなかった。姓が蔡ではなく胥《シュ》であるのもそのためだ。もっとも、雕が正室の御子であったとして、皇帝になれたかは甚だ疑わしかった。武術に秀でることもなく、かといって権謀術数に長《た》けるわけでもない。弟の陰に隠れているだけの臆病者――それが周知されていた雕の評であった。

雕には索盟皇帝の暴虐はとめられぬと、誰もが諦めていた。

「それでは私も有難く頂戴致します……」

雕は索盟皇帝から盃を受け取る振りをして身をかがめ、刹那――剣を抜き放った。

だが斬撃は索盟皇帝に達さず、弾かれた。索盟もまた、瞬時に抜剣していたからだ。

「この程度の剣で殺すつもりだったとは。侮られたものだな、兄上」

不意をついたはずの剣撃を弾かれた雕は後ろに退《すさ》り、哀しげに頭を振った。

「さすがだな、弟よ。落ちぶれようとも、剣だけは衰えぬとみえる。剣ではとうとう、一度もそなたには勝てぬようだ」

「謀反だ――雕を捕えよ！」

索盟皇帝は廻廊に控えさせていた武官にむかって叫ぶ。一拍遅れて現れた武官は胸に矢が刺さり、瀕死の状態だった。

「お逃げ、ください……陛下。雕の軍が、造反《ぞうはん》を」

それだけ言って、武官は絶命する。

鬨《とき》の声《こえ》があがった。

雪崩れこむように雕の軍が侵入してきて、索盟皇帝を包囲する。妃妾たちは今度こそ絶叫して逃げだし、廷臣たちも索盟皇帝に加勢することなく全員が後ろにさがった。孤立無援となった索盟皇帝は剣を振るい、軍勢を退けようと抵抗する。

索盟皇帝は強い。戦場で武の神と称《たた》えられただけはあった。だが、ぐらりと重心が傾き、動きが鈍りはじめる。

毒だ。雕が贈った酒は、水銀蜂《すいぎんばち》の蜂蜜を醸したものだったのだ。

麻痺《まひ》毒がまわりはじめた隙をつき、雕は背後から索盟の腹を刺し貫いた。

索盟皇帝が血潮を喀きながら、雕を振りむく。濁りきっていた索盟の瞳が一瞬だけ、澄み渡った。

「ああ、……そうか、おまえだったのか」

索盟の言葉に雕はたじろいだが、惑いを振りきるように声をしぼりだす。

「……私は、そなたの補佐も充分にできぬ愚兄《ぐけい》であったが……それでも、弟のあやまちを糺《ただ》すのは兄の役目だッ」

軍が沸きたった。

索盟皇帝はなにか言いたげに唇を動かしたきり、気絶する。

「索盟を捕縛し、解毒を急げ。死刑に処すまで絶命させるわけにはいかぬ」

索盟皇帝がひきずられていく。

雕は動揺している廷臣たちにむかって、宣言する。

「渾沌の帝は討ち倒した！　この時をもって私が剋の皇帝となる！」

廷臣はいっせいに跪き、軍は剣を掲げて、高らかに歓呼の声をあげた。

「雕皇帝陛下万歳、雕皇帝陛下万歳、万歳、万歳……」

歓天喜地の大喝采は宮廷からあふれ、都にまで拡がっていった。渾沌の終焉《しゅうえん》を報せる鐘が如く――


……


「……あの時の夢、か」

文机に肘をついて転寝《うたたね》していた雕皇帝は、独《ひと》り言《ご》つ。

先帝を廃してから、五季が経った。約一年と三カ月。光陰矢の如しと昔人《せきじん》は語ったが、まことに瞬きのうちに過ぎたものだと皇帝は息をついた。最後に振りかえった時の、索盟のひどく静かな瞳がいまだに皇帝の胸を縛る。

正午を報せる鐘が響いてきた。

思索を振りほどいて、皇帝は文机に拡げた木簡に視線を落とす。新たな政策についての重要文書だ。高官たちがすでに目を通しているため、皇帝は印《いん》を捺《お》すだけだ。繰りかえしの職務であるため、眠気を催す。

部屋に前触れもなく影が差した。

窓に視線をむけた皇帝は、にわかに天が暗くなっていくのをみた。嵐か。だが夏の霹《へき》霹靂《れき》でもあるまいにこうもいきなり掻き曇るものだろうか。窓から振り仰いだ皇帝は、言葉を絶する。

蝕にでも喰われるように日輪が、端から陰っていく。

「……不吉な。これは天毒なのか？」

刮目《かつもく》する皇帝の視界に横ぎったものがあった。

燃えさかる火か。違う。あれは。

皇帝が青ざめ、震えだす。

陽炎《かげろう》を帯びたそれは屋根から屋根に渡って、鐘塔の頂まで駈けあがり、蝕まれていく日輪を背に咆哮《ほうこう》する。

「っ……ぐ、あぁ……」

突如として皇帝が頭を抱えて、崩れ落ちた。皇帝を襲ったのは頭蓋が割れんばかりの劇痛だった。皇帝がぶつかった拍子に青銅の大香炉が倒れて、音をたてる。部屋の外に控えていた衛官が異変に気づき、皇帝のもとにかけつけた。

「なにかございましたか、っ……これは」

皇帝の尋常ならざる様子をみて、衛官は大慌てで飛びだしていった。

「直ちに宮廷中の典医を集めよ！」

蝕まれた日輪は、時を経て空に還《かえ》ってきた。

◇

だが、異様な天変に見舞われて乱れた民心が静まることはなかった。都の人々は禍の兆候ではないかと騒ぎ、皇帝が政を誤ったせいではないかと疑う声もあがっていた。宮廷では巫《ふ》官《かん》たちが天毒の障りを畏れて祈《き》禱《とう》を捧げている。

春節を控えた華の後宮でも同様に、不穏な気配が漂っていた。

孔《く》雀《じゃく》の笄を挿して緑の袖をはためかせた姑娘が、後宮と宮廷を結ぶ橋にたたずんでいた。橋を警備する衛官は姑娘の姿を確かめ、袖を掲げて礼をする。

「蔡慧玲、皇帝陛下がお待ちだ、渡れ」

日蝕があった翌朝、慧玲のもとに宮廷からの使者が訪れた。

いわく皇帝が毒疫に蝕まれた――と。

宮廷の典医たちが集められて診察しているが、解毒はおろか、いかなる毒かも解らないため、白澤の姑娘を呼び寄せよと皇帝が直々に命じたとのことだった。

宮廷に踏みいるなど、いつ振りだろうか。

華やかな後宮とは違い、宮廷は重厚な調度で統一され、帝が君臨するにふさわしく調えられていた。垂幕から彫像、香炉などの細かな備品に至るまで、皇帝の象徴である麒麟の意匠が施されている。慧玲は緊張し、ひそかに唇をかみ締める。

鴆は言った。誰が先帝に禁毒を盛ったのか、知っていると。

宮廷に先帝を毒したものがいるのだと考えるだけで、瞳の底で焔《ほのお》が燃えるのを感じた。だが、怨嗟だけならば排することも難しくはなかった。

「白澤は知っていたはずだ。先帝の死後、剋が地毒の禍に見舞われることを。そして毒疫を解毒できるのは白澤の叡智だけだと」

そう語った鴆の言葉が、頭から離れない。

日蝕の騒ぎで、鴆ともそれきりになったが、時が経つほどに鴆が植えつけた疑念は毒のように心を蝕んだ。

毒疫が猛威を振るうことが、母親の望んだ復讐だったのか。だとすれば、姑娘である慧玲が薬であろうと闘い続けているのは――そこまで考えかけて、慧玲は無理やりに思考を打ちきった。今はよけいなことは考えず、皇帝陛下の御身だけを考えなければ。

皇帝の私室は宮廷の最上階にあった。

部屋の前では高位の典医たちが身を縮ませ、うつむいていた。廃姫を疎ましくおもいながらも皇帝の毒に匙を投げたという事実が彼らを畏縮させ、慧玲のことを睨むこともできない様子だった。

「蔡慧玲、参りました」

皇帝は椅子に腰かけてはいるが、激しい苦痛に堪えるように頭をかかえ、文机にふせていた。時々呻きを洩らし、苦しげだったが、慧玲の声に顔をあげた。慧玲は皇帝の顔をみて、息をのむ。

角だ。皇帝の額からは、角としか言い様のない異物が伸びていた。枝わかれしたそれは鹿を想わせるが、慧玲の頭に真っ先に浮かんだのは別のものだった。

（蚩尤《しゆう》？　いや、それはあまりにも――）

蚩尤とは伝承に登場する鉄の額をもった化生《かいぶつ》だ。叛乱《はんらん》をつかさどることから、先帝に造反した皇帝と重なったが、彼の反逆は悪意や欲望によるものではなかった。重ねあわせるのは非礼にも程がある。

「……陽に異変が現れたであろう」

皇帝は息も絶え絶えに言った。

「時を同じくして、頭が割れるように痛みだし、額にこのようなものができた。白澤の叡智をもってすれば、これがいかなる毒か、解けるであろう」

日蝕は生物の頭部にある松果体という脳領域に異常をもたらすことがある。このため、昔は日蝕をみるべからずと教えられた。松果体は光を感知する第三の眼といわれており、皇帝の角はこの器官がある額中央部から伸びていた。

日蝕が毒となるのは異例だが、地毒のある今、なにが毒に転じても納得できる。

「左様でございます、陛下。まずは脈を取らせていただいても宜《よろ》しいでしょうか」

脈拍は正常。臓も確かめるが、異常はなかった。ついに病変部である角に触れ、診察する。脂肪腫か、血管腫を疑ったが、硬すぎる。まさに角だ。犀《さい》などの動物は硬化した皮膚が角になる。だがこの角は外胚葉《がいはいよう》、つまり皮膚の細胞からなるものではなかった。

皇帝の角は硬い土の塊でできていた。

これは、土《ど》の毒だ。

慧玲は青ざめる。

あらゆる毒のなかでも最も難解で、強いのが土の毒である。

土は万物の根幹だからだ。水脈、木脈、金脈は土の底に張りめぐらされ、火もまた燃えつきれば土に還る。

「よいか、蔡慧玲。かならずや毒を絶ちて、薬と為せ」

渾沌の姑娘が死刑に処されず、恩赦を賜ったのはまさにこの時のためだ。皇帝の命を助けるべく、彼女は今、生かされているのだ。

慧玲は額づいた。

「誓って、ご恩に報います」

◇

「して、皇帝陛下の毒疫は癒せるのだろうな」

診察を終え、皇帝の寝室を後にした慧玲は高官や医官に取りかこまれた。

「陛下の御身を侵しているのは、土の毒に相違ございません。薬種《やくだね》がそろえば直ちに調薬し、解毒することができます」

だが、離舎にある漢方、宮廷および後宮の倉にある薬種では不充分だ。

大陸各地の貿易商を総括する尚書省《しょうしょしょう》の職事《しょくじ》官《かん》が進みでた。

「わかった。必要なものがあれば、申せ。如何に希少な物であろうと、大陸の端々まで隊商を派遣して、かならず取りそろえようぞ」

慧玲は白澤の書を解く。薬種の名詞が乱舞した。

要不要を一瞬で振り分けて、明瞭な声で順に暗唱する。

「まずは魚翅《フカヒレ》、燕窩《エンカ》、龍骨《チヨウザメのホネ》、広肚《ウキブクロ》、鮑魚《アワビ》、海豹《アザラシ》、狗魚《オオサンシヨウウオ》、大烏参《クロナマコ》……ここまでが海八珍《かいはっちん》です」

書記官が竹簡《ちっかん》に書きとめていった。

「続けて鵪鶉《ウズラ》、斑鳩《キジバト》、鷓鴣《シャコ》、紅燕《キシャ》、紅頭鷹《ヒッポウ》、天鵝《ハクチヨウ》、彩雀《ラン》、飛龍《ライチヨウ》。ここまでが禽八珍《きんはっちん》にございます」

「待て、聞き覚えのない禽《とり》がいくつかいた。紅燕、彩雀、紅頭鷹とはいかなる禽だ」

「紅燕は大陸の南東に棲む角鴟《みみずく》の一種で鬼車《キシャ》とも称されます。日が落ちてから飛び、錠《かぎ》のない窓から侵入しては赤ん坊をさらって喰らうと伝承されていますが、実際には人を襲うことは希《まれ》です。森のなかで火を振りまわすと落ちてくるため、易《やす》く捕獲できます」

「ふうむ、妖のような禽だな。紅頭鷹は？」

「紅頭鷹とは火焔《かえん》を帯びた一脚《いっきゃく》の鶴《つる》で、南部の塩湖《えんこ》に棲んでいます。坤《クン》族に聞けばわかるものかと」

坤族ときいて職事官がしかつめらしく眉根を寄せた。火禍は収まったが、その後、坤族との関係は良好ではないのだろう。

「最後に彩雀ですが……鸞《ラン》といえば、ご理解いただけるのではないかと」

「鸞か。確か、加加阿《カカオ》の産地に棲息《せいそく》する鳥だったか」

「左様です。緑に紅《あか》に青と、七宝瑠璃にも優《まさ》る麗しき翼をもち、躰《からだ》の中庸を維持する薬能があります」

白澤の教えは五感をともなう。師から継承された白澤の書を開けば、実際には見たことのないものであっても、頭のなかにそのかたちが再現される。それればかりか、香が拡がり、舌には薬の味までもが感じられた。毒のあるものと薬になるものは、きわめて似ているることが多々ある。それらを誤認することがないよう、白澤の一族に備わった能力のひとつだ。

「続いては猴頭苓《ヤマブシダケ》、羊肚苓《アミガサダケ》、竹笙《キヌガサダケ》、花菇《シイタケ》、銀耳《シロキクラゲ》……銀耳は水晶の鉱脈で育ったものにかぎりますのでご留意ください。黄花菜《ワスレグサ》のつぼみ、驢窩菌《コウジカビ》、雲香信《ホシシロシイタケ》……以上草八珍《そうはっちん》です」

「こちらは漢方ばかりだな。して、驢窩菌とは」

「東の島にある、驢馬《ろば》のように家畜化された菌です。もとは穀物で繁殖する黴《かび》の一種で猛毒を有しており、大陸においては度々猛威を振るってきましたが、東の島ではこれを養殖して麹《こうじ》という食物に転じています」

「了解した。それでは海路をつかって、隊商にむかわせよう」

職事官はすぐに貿易船の手配を命じた。

「最後は山八珍《さんはっちん》になります。駝峰《ラクダのせこぶ》、熊掌《くまのにくきゅう》、豹胎《ヒヨウのたいばん》、鹿腱《しかのけん》、猩唇《しようのほお》、犀尾《さいのいんけい》、象抜《ぞうのはな》です」

書記官がぎょっとした。

医官たちもそろって顔を顰《しか》め、そんな異様な物を皇帝に食べさせるつもりなのかと睨みつけてきた。だが、職事官は他のことが気になったようだ。

「猩唇？　猩猩《さる》の唇か？」

「誤解されやすいのですが、四不像《しふぞう》という鹿に似たる動物の頬肉を指します。これは北部の湿原に棲息します」

白澤の一族がひと処《ところ》に留まらず旅を続けるのは、こうした希少な薬種を収集するためでもあった。

「締めて、四八珍です。ただ、皇帝陛下の土毒《どどく》は尋常なものではございません。よって、解毒するにはもうひとつ、どうしても必要なものがあります。ですが」

慧玲がここで言葉を濁らせる。

「果たして、得られるかどうか」

「尚書省の威信をかけて、なんであろうと調達する」

職事官にうながされ、慧玲は腹を括《くく》った。

「――――麒麟の骨です」

場が騒めいた。

「貴様、死んだ麒麟がいるとでも言いたいのか」

「不敬にも程がある」

高官たちが囂々《ごうごう》と非難の声をあげる。慧玲は努めて冷静に「白澤の書に記された薬種をお伝えしたまでで他意はございません。ご寛恕《かんじょ》くださいますよう」と言った。職事官は終始落ちついていたが、それでも表情を曇らせる。

「他の物では補えぬのか」

からからと、喧騒《けんそう》を割って制するように車椅子の軋みが響いてきた。廊下のさきから姿を現したのは、女官を引き連れた欣華皇后だった。

「薬を造るのに、なにが必要なの？」

堅物の高官たちでさえ皇后の清純な微笑には視線を奪われる。後宮にはより華やかな妃嬪もいるが、皇后は一線を画していた。比類のない美妙なる風情に魅了され、誰もが眦を緩めて低頭する。

「いやはや、皇后陛下の御耳にいれるようなことでは」

「麒麟の骨だったかしら。それならば探さずとも、ここにあるわ」

高官たちが顔を見あわせる。皇后は女官に命じ、青銅の箱を取りにいかせた。

「帝族が受けつぐ神器のひとつよ」

箱をあけると、神聖な香があふれだした。

なかには、竜を想わせる有角の頭蓋骨が納められていた。ところどころに青銅色を帯びた鱗《うろこ》が残っている。高官たちは神威《しんい》にあてられたのか、後ろにのけぞり、よろめくものまでいた。

麒麟を視たことのある慧玲には、これは本物だと瞬時にわかる。

だが解《げ》せない。慧玲が先帝から教わったかぎりでは、帝族の神器とは剣、鏡、珠の三種で麒麟の骨などはなかったはずだ。皇后が神器を偽るのは何故か。

最も不可解なのは骨が真新しかったことだ。古い骨は黄ばむ。風化して一部が崩れることもある。帝族が継承し続けてきたというには経てきた歳月が感じられない。

昨年、骨になったばかりだとでもいうように。

◇

昼には隊商が差遣《さけん》され、遠征には軍隊が組まれた。

薬種がそろうまではしばらく、緩和薬を造るのが慧玲の役割となった。頭痛をやわらげ、地毒の巡りを遅らせるだけでも難解な調薬を要する。皇帝が倒れたことは機密事項であるため、慧玲は後宮食医の職務を果たしつつ、宮廷に渡っては調薬をしていた。

今朝は早くから、後宮のあちらこちらで祈禱の声が響いていた。

いよいよに祭竈《さいそう》なのだ。祭竈を終えれば、約二十三日にわたって春節が続く。地毒の厄を払うためにも後宮の祭事は盛大に執りおこなわれることになった。

冬の宮の廻廊を渡っていた慧玲は、冬妃《とうき》である皓梟と逢った。

「索盟の姑娘ではないか。偶《たま》さかよの」

袖を揭げ、丁重に揖《ゆう》してから、慧玲は言う。

「皓梟妃は先帝と親しかったのですか」

「ほほ、索盟とは暇があれば朝まで飲み明かしたものよ。吾《わぬ》と対等に語らえるのはあの男くらいのものだったからの」

懐かしきかなと皓梟は微笑んだ。

「思慮ぶかく、時風《じふう》をつかまば敏《びん》なりて勇ましく、だが朗らかな男だった。意外な視野で物を見、想わぬことを雄弁に語りだすが、それが妙に理に適《かな》っておってな。だがそうか、彼は……死んだのだな」

椿でも落ちるようにこぼされた言葉が、慧玲の胸に風を吹かせた。

皓梟の語る先帝の姿は、慧玲が知らないものだ。逢ったこともない他人《ひと》の話を聴いているように遠いのに、なぜか懐かしさがこみあげた。

ああ、想いだした。彼女の父は微笑んだとき、頰にえくぼができるのだ。

先帝が壊れてから、慧玲は彼の顔を想いだすことができなくなった。彼女のなかに強く刻まれた先帝の姿は、眼もなく鼻もなく耳もない渾沌だったからだ。

だが、そうか。

彼は、化生ではなかったのだ――

皓梟は慧玲の心境を知ってか知らずか、こう続けた。

「索盟は麒麟が祝福するにふさわしき帝であったよ」

だからこそ、慧玲は悔しかった。彼が毒を盛られ、毒に敗《ま》けたことが。胸が張り裂けそうになった。だがとうに終わったことだ。

（そう想わなければ）

薬であり続けることは、できない。

「麒麟といえば、そちは天地《てんち》開闢《かいびゃく》を知っておるかや」

「……………《盤古《ばんこ》経《きょう》》に記された創造神話ですか？」

思索の海に落ちこみかけていた慧玲を気遣ってか、あるいは脈絡のない話をつなぐのがくせなのか、皓梟は唐突にそんなことを言いだした。

「左様。ならば知っておろう。なにゆえに麒麟が帝族の護神として奉られているのか」

春節ということもあって、廻廊の壁には盤古経を題材とした織物《おりもの》の掛軸が連ねられていた。神話の大筋にそって天地創造の場面が織りあげられている。

暗い思考を振りきるため、慧玲は神話の冒頭を諳《そら》んじる。

「天地、始まりは混沌《こんとん》なり。陰陽《いんよう》は別れず、天地の境もまた、なかった。さながら卵《らん》のうちの如し。やがて、光あれと産声をあげ、鳳凰《ほうおう》が産まれた――」

掛軸は、産まれたばかりの鳳凰が舞いあがるところから始まる。

「鳳凰が舞えば、そこは天となり、翼をやすめたところに地が造られた。地に舞い降りた鳳凰は麒麟へと姿を変える。麒麟が歩むほど蹄《ひづめ》のもとに命が芽吹き、命が息づくことで時は進みだす――」

鳳凰は天を統べ、麒麟は地に君臨する。鳳凰と麒麟が環《わ》をなして絡まりあう様を描いた掛軸は、華やかな陰陽太極図《いんようたいきょくず》を想わせた。

「これこそ、森羅万象《しんらばんしょう》の萌芽《ほうが》なり――」

慧玲が盤古経の序章を語り終えた。皓梟が頷きながら、続きの一節を引き継ぐ。

「左様。その後はこう続く――時が巡ることで春夏秋冬《しゅんかしゅうとう》の季神《ときがみ》が産まれ、刻《コク》の帝《すめら》にかしずかん。天地永劫に盤石となる――とな」

刻の帝が地を統べた時の場面は、とくに大きな織物になって飾られている。刻の帝はその時の皇帝を模すのが慣例で、現在は雕皇帝の顔をしている。

「剋はこの《盤古経》に登場する《刻の帝》からコクという諱を継承したと教わりました。なので剋は地を統べる麒麟を皇帝の象徴として奉り、後宮には季節になぞらえた妃を置き続けているのだと」

「さすがは白澤の姑娘よの」

感心したように皓梟が息をついた。

「鳳凰と麒麟は同じものだが、天が先に産まれ、後から地が築かれたことを鑑みれば、鳳凰は麒麟の前身ということになろうや。麒麟は不死に非ず。されども不滅だと語られる。つまりよ」

皓梟が持っていた笏《しゃく》を鳴らす。

「麒麟が死に絶えれば、その魂は天に還りて鳳凰になるのであろうかや」

皓梟はやはり、麒麟は死んだものだと考えて、調査を進めているのだ。

しかしながら、鳳凰か。慧玲の胸に宿る《毒を喰らう毒》は孔雀の刺青となって、肌に現れる。だが、織物に描かれる鳳凰の翼は色調こそ違えど、孔雀の羽根と瓜ふたつだった。

皓梟ならば、この刺青についてもなにか知っているのではないかと考えたが、何処まで打ち明けるべきか迷い、結局は口をつぐんだ。

皓梟はなにかを察したのか、薄らと微笑する。

「ふむ。なにかあれば、吾を訪ねて参れ。茶でも一服淹《た》てしんぜようぞ」

羽根で織られた襦裙《きもの》をひるがえして、皓梟がすれ違っていく。

皓梟と喋っているあいだは遠く聞こえていた祭りの喧騒が、再び押し寄せてきた。祭竃の祝詞《のりと》も盤古経の一節だ。

わからないことばかりだが、確かなことがひとつ。

（ああ、この地は、ほんとうに麒麟のいない国になってしまったのね）

とうに解っていた喪失があらためて、重く胸に落ちてきた。

◇

眠れない晩が続いていた。

真冬の月は透きとおっている。慧玲は月を仰ぎながら、薬碾を磨いていた。

皇帝の緩和薬を造る日々のなかで、心身が摩耗していた。充分な睡眠が必要だとわかってはいても、藍星が帰って静かになると、考えてもどうにもならないことばかりが頭を巡った。薬碾もすっかり綺麗になってしまい、今度は薬簞笥《くすりだんす》の整頓を始める。

「あ……」

指が滑って、漢方の生薬を箱ごと落としてしまった。

箱の蓋が外れ、紫の珠を想わせる毒の実が転がる。拾い集めようと身をかがめたところで、誰かの靴底がそれを踏みつぶした。潰れた実から紫紺の毒がにじむ。

「皇帝が毒疫で倒れたそうだね」

嘲笑を絡めた声が、背後から降ってきた。

「鴆……いつからいたの」

息をのみ、振りかえれば鴆がたたずんでいた。鈍い紫の眼睛を細めて、毒々しい侮蔑を湛《たた》えている。秀麗な顔だからこそ強く悪意を感じる。

「貴女が調薬するのか」

「私は白澤だからね」

「できるのかな、貴女に」

鴆は嗤った。慧玲の調薬がいかに優秀であるかを知りつくしている彼の言葉だから、よけいに呪詛じみて耳に残る。

「今の皇帝は先帝の兄だが、妾腹《しょうふく》だったとか。妃嬪だったらまだしも、身分の低い御妻に産ませたそうじゃないか。ほんとうならば、皇帝になど即位できるはずがなかった。なのに壊れた先帝を処刑したことで、まんまと皇帝の地位を得た」

「陛下を侮辱するつもり？」

「侮辱、ねえ……事実だろう」

鴆の舌鋒《ぜっぽう》は毒の嵐だ。まともに受けてはならないと理解しているのに。

「貴女の母親はさぞや、現帝《げんてい》を怨んでいることだろうね」

慧玲は唇をひき結んで、冷静さを損なうまいと努めた。動揺し激情にとらわれては、彼の思惑にはまる。

「そうね。母様は陛下のことを怨んでいたはず」

皇帝だけではない。彼女は愛するひとを奪われた時にすべてを憎んだのだ。姑娘たる慧玲のことまでも。だから地毒の禍が吹き荒れると知っていながら、命を絶った。渾沌と称された先帝と同様に、白澤の女も今際に毒を喀《は》いたのだ。

「貴女は、怨んでいないのか」

「怨まないはずがない」

嘘はつかない。嘘は、毒になるから。

「でも、陛下にはご恩があるの」

青ざめた唇で、他でもない自身に言い聞かせるように慧玲は言葉を紡いだ。

「いかなる理由があれど、父様は渾沌となって毒をまき散らした。無実の罪で処刑されたものは後を絶たず。たとえ父様の命を絶つことになっても、誰かが制す必要があった。それを果たしてくれたのは皇帝陛下だった」

いつだったか、内緒話を打ち明けるように「剣を振るうのは好きではないのだ」と苦笑していた伯父の眼差しが過《よぎ》る。臆病者だとけなされても、こまったように頰を掻いて笑っている優しい男だった。

それでもなお、雕皇帝はみずから剣を取り、先帝の悪虐を糺したのだ。

「怨みを遙《はる》かに凌《しの》ぐ恩義があるのよ」

それは命を捧げるに値するものだ。

だが鴆は理解を表すどころか、哀れむように瞳をすがめた。わずかな沈黙を経て、彼は処刑斧《しょけいおの》のように言葉を落とした。

「──その皇帝陛下が、先帝に毒を盛った張本人だったとしても、か」

毒蜂に心臓を貫かれたような重い衝撃があった。

瞳を見張って、慧玲は緩々《ゆるゆる》と頭を振る。悲鳴のかわりに細い喘鳴《ぜんめい》が喉から洩れた。

「嘘……そんなはずがない、だって……」

想いだすかぎり、雕皇帝は先帝のことを愛していた。優秀な弟を持てたことが最大の誇りだとまで語っていたのだ。

それなのに、毒を盛るはずがない。

だが、鴆に嘘をついている素振りはなかった。

「これまで一度も現帝を疑わなかったのか？ 貴女ほどに敏い姑娘《おんな》が？ ありえないね、貴女はわかっていたはずだ。でも考えまいとしていたんだろう」

慧玲は鴆に反論しようと錆びついた思考を廻らせる。だが、どんな言葉を繰っても矛盾になる。

鴆の言うとおりだ。先帝に毒を盛れるとすれば、雕皇帝だけだった。先帝は、兄である彼に全幅の信頼を寄せていたから。

察しはついていた。だが、彼女はこの時まで、雕皇帝のことを疑うまいと無意識に目を背けてきた。それは唯一残った肉親を愛していたからではなく、ただ、彼女が薬であり続けるために。

「それが事実だとして」

握り締めた掌に爪を喰いこませ、慧玲は燃えあがる激情を懸命に押さえこむ。声の端々がみっともなく震えていたが、構わずに続ける。

「おまえは、なぜ、それを知っているの」

混沌とした心の底を踏み荒らしてきた彼に、敢えて踏みこみかえす。

「わかってはいたけれど、おまえはただの毒師じゃないね。後宮にきたのも、私を暗殺するという依頼を受けたから、だけではないでしょう」

彼の調毒は卓越している。雪梅が毒を盛られたとき、他の毒師が調えた毒と闘って、鴆の毒との違いを強烈に思い知った。

彼は宮廷に恭順していた毒師の裔《えい》に違いない。

鴆は偶然ではなく、因縁あって宮廷にきたのだ。

先帝が毒師との関係を絶ってから毒師の一族は離散したという。鴆の眸には時々怨嗟の影がちらつく。人毒を宿すに至った経緯からしても、一族が苦難を強いられたであろうことは想像がついた。

慧玲はこれまで、鴆の素姓を探ろうとは想わなかった。知る権利はないと考えていたからだ。だが、ふたりの縁は、ついにここまで絡んできてしまった。

慧玲は薬棚の裏に隠しておいたものを取りだす。李紗から預かったものだ。

「これは、おまえのものでしょう？」

麒麟紋が彫られた玉佩をつきだす。

鴆は微かに舌を打った。慧玲の手に渡っていたとは、彼にとっても予想外だったはずだ。だが動揺を覗かせたのは一瞬で、鴆は観念したのか、肩を竦める。

「そこまで知られては仕様がないな。貴女には教えてやるよ」

細雪《ささめゆき》をはらんだ風がごうと吹きつける。

すきま風で燈火が不穏に震えた。逆巻く影を吸いあげて、紫の双眸が鈍く瞬きだす。

「魂を壊す毒というものを知っているかと、いつだったか、僕に尋ねたね。ああ、知っているよ。現帝が先帝に盛った毒は僕が調毒したものだ」

慧玲は言葉を絶する。

「正確には僕が毒そのものだった」

「おまえが毒？　でも、先帝が盛られたのは人毒ともまた違う禁毒だったはず」

「人毒の造りかたは教えただろう」

十三年掛けて多種多様な毒を取りこみ、身のうちで調毒をする、それが人毒だ。

「人毒ができあがってすぐに動脈から血潮を搾ると、辰砂《しんしゃ》という赤い鉱物によく似た毒の結晶ができる。竜血《りゅうけつ》とも称される希少な毒だ。砕いた破片《かけら》ひとつあれば、万は殺せる猛毒だが、この毒の特質は他にある」

鴆が声を落とす。

「血縁者に盛るのさ。縁は遠くとも構わない。血と毒が雑《ま》ざったとき、この毒は真の効果を発揮する。魂を蝕み、破壊するという毒能《どくのう》を、ね」

「血縁……まさか」

後宮に流れる風聞のなかには現帝の嫡嗣にまつわる噂があった。病弱な御子で後宮から離れた僻遠《へきえん》に離宮を設けて暮らしていたが、五年前に妃とともに失踪した。おそらくは暗殺されたのだろうと囁かれていたが――

「ご明察だね」

鴆は口の端をあげた。

「僕が現帝である雕の、嫡嗣《むすこ》だよ」

動けずにいる慧玲の指から玉佩を取りあげ、鴆は語りだす。

彼がこれまでたどってきた、毒の地獄を。

◇

鴆が物心ついた時から、枕べで囁かれるのは子守唄ではなかった。繰りかえされるそれは呪詛だ。あまやかな声のかたちだけは、子どもをあやす母親のやわらかさで。

「怨めしい……なぜ、私がすべてを奪われなければならなかったの。愛する家族も静かな故郷の集落もお邸も、綺麗な襦裙も髪飾りも、ひとつ残らず燃やされた……ああ、許せるものか」

か細い呪詛は、言葉も解らぬ幼い耳を、毒をそそぎこむように侵す。

鴆の母親は窮奇の一族を取りまとめる宗家の娘だった。

窮奇の一族は、宮廷につかえる由緒ある毒師の系譜だ。表舞台に姿を現すことはないが、皇帝の命に順じ、政の障害となる者を続々と暗殺し、戦争時にも毒を弄して敵軍を一掃した。

だが千年にわたる戦争が終わった後、索盟皇帝は毒師との縁を絶つと宣言した。そればかりか、集落を燃やしたという。

毒師という、邪《よこしま》なる一族を史書から排除するかのように。

生き延びた母親は都に隠れた。だが、毒師であることが露見しては迫害され、結局は娼妓《しょうぎ》に身を落とした。それからは地獄だったと、母親は幼い鴆に語った。

「毒師だというだけで謗《そし》られ、殴られた。職なんかもらえない。眠るところもなく、吹雪のなか都を彷徨い続けた。飢えて飢えて、蛙まで貪った。男どもに虐げられ、おぞましいことを強いられた――全部、皇帝のせいよ。かならず復讐をしなくては」

鴆が産まれたときには、母親はすでに娼妓ではなかった。

働くこともなく、人里離れたところに庵《いおり》を建て、暮らしていた。今考えれば、雕が口実をつけて隠遁させていたのだろう。禁毒を造らせるために。

暮らしぶりはきわめて貧しかった。

朝も晩もわずかな穀物をふやかしたような粥《かゆ》ばかりで、腹が膨れることはなかった。春は野草、秋は茸や木の実が取れたが、雪が降りだすと食物は底をつき、いよいよに飢えることになった。庵室《あんしつ》は板張りのすきまから雪が吹きこむ粗末な小屋で、毎晩乾いた藁《わら》を敷いて眠っていた。母親は破れた服を繕っては袖を通し、笄も折れた物をつかい続けた。

後に知ったことだが、皇帝は豪奢な離宮を建て、豊かな食物や都の装飾品を届けさせていたが、母親はいっさいを拒絶していたという。臥薪嘗胆《がしんしょうたん》とは故事の言葉だが、鴆の母親も敢えて惨めな暮らしを続けることで、鴆に怨嗟を植えつけたのだろう。

実際に苦難の歳月は、鴆に劣等感や絶望感を根づかせた。

鴆が七歳になったとき、母親は彼に最初の毒を与えた。

蜂だった。蜂の毒に侵され、三晩にわたって燃えるような痺れと劇痛に見舞われた。苦痛に堪えかねて鴆が毒を嫌がると、母親は彼を抱き締め、囁きかけた。

「毒師が毒に喰われてはだめよ。貴男《あなた》が、毒を喰らうの」

喰らうことで克服する。捕食とは征服だと。

指をねじこみ、無理にでも顎をあけさせて、母親は鴆の舌に毒蜂を乗せた。

「貴男の毒で、皇帝を殺すのよ。毒師の一族を滅ぼした憎きあの男を」

蜂の毒針が柔らかな舌の腹を刺す。声にならない悲鳴が幼い喉からあふれた。

燃えあがるような劇痛だった。毒の味を憶えさせるように母親はそれを繰りかえした。

蜂が終われば、蜘蛛で。蜘蛛の後は蜈蚣で。

鴆は母親にたいして縋るような、それでいて怨嗟の滾《たぎ》る眼差しをむけるようになった。

実の子に睨まれても、母親は眉の端ひとつも動かさなかった。

「怨むのなら、皇帝を怨みなさい。貴男を産んだのは皇帝に復讐するためなのだから」

鴆が毒に蝕まれて命を落としかけるたびに母親は「皇帝を怨め」と言った。苦しいのも、痛いのも、すべては皇帝のせいだと。

劇痛で意識が遠ざかるなかで繰りかえし吹きこまれるうち、ほんとうになにもかもが皇帝のせいであるように想えてきた。

次第に鴆は、怨嗟だけをよすがに毒と闘うようになった。

母親は笑わないひとだった。だが、箱から玉佩を取りだして眺める時だけは、紅を挿さぬ頬に微かな喜びを湛えていた。

「いつか、貴男が新たな皇帝になるのよ。貴男は帝族の血脈を継いでいるのだから」

これが帝族の証なのよ――

母親が雕のことを愛していたのかは、鴆には解らない。だが、少なくとも約束を違えるようなことはないと信頼はしていた。あるいは悔っていたのかもしれない。帝族でありながら、うだつがあがらない妾腹の男を。母親は無能な帝族に取りいり、操ることで、皇帝にいっそう強い屈辱と絶望を与えられるはずだと考えていた。

人毒の調毒は続いた。

脈打つごとに劇痛に貫かれ、気絶もできず、幾晩も喚き続けたこともあった。毒で皮膚がすべて剝がれ、脚から頭まで包帯をまきつけていた時期もあった。常人ならばみずからで命を絶つか、こころが壊れたはずだ。

だが幸か不幸か、鴆は堪えきった。堪えきってしまったのだ。

皇帝に復讐をするために鉱物の毒も植物の毒もかみ砕き、魚の毒や鳥の毒まで飲みほした。

かくして人毒は、なされた。

鴆が十七歳の時だ。人毒には十三年掛かるという常識を、彼は才能によって覆した。

だが人毒は副産物に過ぎない。母親が望んだのは竜血だ。

腕の動脈に錐《きり》を刺して、あふれる血潮を残らず、黒曜石の盆で享ける。

鴆の血潮はたちまちに結晶となって、盆のなかで転がった。辰砂を想わせる紅《あか》い結晶は、燈火のもとでは透きとおる紫を帯びる。

これこそが竜血と呼ばれる禁毒だ。

だがそれは、怨嗟の結実というには美しすぎて、鴆は奇妙な虚《むな》しさを憶えた。

しばらく経って、雕が禁毒を受け取りにきた。

「竜血ができたというのはまことか」

「お待ちいたしておりました。こちらにございます」

母親が箱に収まった竜血を渡す。雕が感嘆した。

「お約束は、果たしていただけますね」

「勿論《もちろん》だとも。七日後、貴女を正室として宮廷に迎えよう」

鴆はそのとき、鼻から顎にかけて毒でただれており、崩れかけた顔半分を包帯で覆った惨たらしい姿をしていた。そんな異形を実子だと認めたくなかったのか。あるいは自身の罪の具現に想えて正視に堪えなかったのか。雕は実の息子である鴆には最後まで、一瞥も与えなかった。


約束どおり、七日後の朝に宮廷から迎えの馬車がきた。

鴆の母親もその時ばかりは真新しい襦裙《じゅくん》を纏い、紅まで挿していた。妃となり、皇帝の暗殺が成就した暁には皇后となれるのだと、母親は桜が綻ぶように微笑んでいた。

冬だった。季節を違えた桜は吹雪に散らされるだけだと、なぜ気づかなかったのか。

山峡に差し掛かったとき、唐突に馭者が馬に鞭《むち》をいれた。

前方には崖——事故と見せかけて、殺すつもりなのだと鴆は直感した。

鴆の母親が咄嗟に扉をあけようとしたところで、捨て身の馭者が剣を抜き、斬りかかってきた。鴆の袖から牙を剝いた蛇が飛びだして、馭者にかみつく。だが、馭者はなおも剣を振りまわした。争っているうちに馬車は崖から転落した。

俺に暗殺者を差しむけても人毒に返り討ちにされるだろうと踏んで、無防備になるこの時をねらったのだ。それができるのは雕だけだった。

証拠隠滅という言葉が鴆の頭に過る。

雕が欲したのは竜血だ。竜血さえ手に入れば、毒師など要らない。まして人毒にまで育った鴆は危険だと考えたのだろう。

利用するだけ利用して、不要になれば殺す——これが帝族のやりかたか。

「……やっと、幸せになれるはずだったのに」

奈落の底に落ちていきながら、母親はぽつりと言った。

続けて重い衝撃が身を貫いた。馬車から投げだされて落ちたさきは、湖だった。即死は免れたが、敵もそれを予想していたのか、続けて火矢が降りそそいだ。

母親は鴆を抱き締めて、盾になった。

たおやかな背に燃えさかる矢がひとつ、またひとつと刺さる。

「つふ……ふふ、許せる、……もの、か」

唇の端から血潮を滴らせ、母親が嗤いだした。

「けっきょく、最後まで……私から奪うのね」

火は絶えまなく降り続ける。ほとんどは湖に落ちたが、馬車に刺さるといっきに燃えあがった。水鏡に映るその様は、さながら火の海だ。

鴆は絶望のなかで、鮮烈な既視感に見舞われていた。

窮奇の一族の里は皇帝の軍に焼き掃われたという。燃えさかる湖の場景は毒師の一族の最期と異様なほどに重なった。鴆はその時のことを知らないが、母親に繰りかえし聴かされた惨劇は実際に経験するよりも強く、心に根を張っていた。

ああ、そうか、毒師はこうして燃やされたのだ――

「鴆、鴆……貴男は私が創りだした、最強の毒よ」

母親は懐から血まみれの玉佩を取りだし、鴆に握らせた。

「私からすべてを奪った皇帝も、私を騙《だま》した雕も、毒師を捨てた帝族も、私を貶《おとし》めた民も」

母親の髪が燃える。襦裙が焦げる。命が焼け落ちる。

蠱毒の甕《つぼ》を想わせる地獄の底で。

「――なにもかもを、毒して」

それきり、彼女は息をしなくなった。

◇

「だから僕は、宮廷にきた。皇帝を殺し、帝族に復讐をするためにね」

語り終えた鴆は、瞳の底に強烈な毒を滾らせていた。たゆたう紫は燃えさかる地獄の劫火を想わせる。

慧玲は黙って耳を傾けていたが、最後に息をつき、そう、と言った。

「おまえはほんとうに、毒のために産まれ、毒のために命をつないできたのね」

薬と毒は紙一重だ。

鏡映しの地獄を、互いに渡ってきた。

鴆は窓に腰掛けて煙管を吹かす。紫を帯びた煙が細くあがった。

「碌な母親じゃなかったよ。最後まで僕を毒としか扱わなかった。哀れな最期だったが、毒するものが毒されただけだ。でもだからといって、ほかを許せるわけじゃない」

幼い頃から植えこまれた怨嗟は、すでに魂にまで根を張っている。復讐せずにはいられないのだと、彼は唇の端をゆがませた。ともすれば、母親のためですらなく。

「それが毒として産まれたということだ」

玉佩を人差し指にかけ、無造作に弄ぶ。

「母親は僕が皇帝になることを望んでいたが、僕は願いさげだね。僕の望みは皇帝にたいする復讐だけだ。帝族なんか根絶やしになればいい」

彼は呪詛を喀き、煙が昇るようにゆらりと視線をあげた。

暗澹たる眸が、慧玲を映す。

「一緒に復讐しないか、慧玲」

果敢なく微笑して、鴆は腕を差しだす。

「僕は帝族に一族を滅ぼされ、現帝に母親を殺された。貴女は現帝に父親と母親を壊された。利害は一致しているはずだ」

「……私は薬よ」

「だからだよ。皇帝は毒だ。毒をもって毒を制するだけのことだよ。貴女にはそれができる――僕を選べ。貴女は毒になるべきだ」

慧玲には彼の手を振り払うことが、できなかった。鴆の指に触れるか、触れないかのところまで腕を延べ、項垂れる。張りつめた背が微かに震えていた。

これまで慧玲はいかなる毒にも堪え、薬であり続けてきた。

燃えさかる憤怒《ふんぬ》をかみ砕き、苦い屈辱を敢えて飲み、絶望を喰らってきた。喉はとうに焼けただれていた。それでも堪え続けることができたのは、薬というよすががあったからだ。

(でも、それも絶たれてしまった)

彼女に薬であれと教えた母親は、最後には毒となって息絶えた。

母親は、慧玲が地毒を解くことなど望まなかった。だからあの時、母親は姑娘のための毒盃を残して、逝ったのだ。

恩を受けたとおもっていた皇帝も、実際は先帝に毒を盛った仇《かたき》だった。彼のために調薬することを想像するだけでも、指が凍りついた。

「……貴女が望むのなら、皇帝を毒殺した後は一緒に逃げようか」

鴆が、痺れるほどにあまやかな響きで囁きかける。

「皇帝から毒を享けずとも、貴女の飢えは僕が満たしてやるよ。必要ならば、毎晩違う毒を調える。しばらくは海でも森でも砂漠でも貴女が好きなところを旅して、落ちつくところがあれば、根を張ればいいさ」

「なんで、そんなことを言うの……」

慧玲が緑の瞳をひずませる。

(愛おしむように言葉をかけないで)

鴆は窓から腰をあげ、風を掻くばかりだった慧玲の腕をひき寄せた。華奢《きゃしゃ》な腰を抱き締め、彼は誘いかける。

「薬なんかは棄てて、楽になってしまえよ」

銀の髪を梳きながら、鴆は孔雀の笄をひき抜いた。

白木蓮《はくもくれん》が散るように髪が、ほどける。

無意識に、慧玲は笄を取りかえそうと指を伸ばしていた。この期に及んで薬を棄てられない彼女の姿に鴆は眸《め》をすがめる。笄を放り投げ、身を離した。

「また逢いにくるよ」

煙の余韻を残して、鴆は窓から宵の帳に紛れていった。

残された慧玲は崩れるようにへたりこむ。投げだされた笄を拾いあげることもできず、彼女は項垂れた。

進むべき、いや、進まなければいけなかったはずの、道は絶たれた。

何処にいけば、いいのか。

薬の姑娘にはもはや、わからなかった。

◇

しまった——

そうおもったのは鍋が煮たって噴きこぼれたあとだった。無残に濁ってしまった鍋のなかみを覗きこんで、慧玲はため息をつく。

この薬は煮たつと途端に苦みが強くなり、旨みもなくなる。旨くないものは毒だ。

こんなにかんたんな調薬に失敗するなんて。慌てて噴きこぼれたものを拭き取ろうとして鍋のふちに触れてしまい、今度は火傷をした。咄嗟に手を跳ねのけた時に袖をかけ、鍋が落ちる。

「だいじょうぶですか！　慧玲様！」

掃除をしていた藍星がびっくりして、かけつけてきてくれた。

「御手に火傷をなさってるじゃないですか。すぐに水をお持ちします」

「そんな、このくらい、たいしたことでは」

「だめですよ、ちょっとした火傷でも後から大事になることもあるんですからね！」

藍星は処置をして、包帯まで施してくれた。

「ごめんなさい。また下処理からやりなおさないと」

「下処理くらい私にできますから、まかせてください。その、……ちょっとだけ、休憩を取られてはいかがでしょうか」

慧玲の心身を気遣い、藍星が眉を落とす。

「この頃、お疲れみたいです。後宮だけではなく、宮廷でも働いておられますし」

女官である藍星には皇帝が倒れたことは知らされていなかった。だが、慧玲が連日宮廷に呼びだされ、調薬をしていることは知っている。

慧玲は藍星の言葉にあまえて、外掛を羽織り、離舎を飛びだした。ほんとうは薬のにおいを嗅ぐだけでも胸が締めつけられ、まともに息もできなかった。

日陰に残る根雪を踏み締めて、あてもなく歩きながら、慧玲は鴆の話を想いだす。

鴆の母親は最後まで鴆に毒をそそぎ続け、毒であれと縛り続けた。それならば、慧玲の母親はどうだったのか。

髪に霜が降るほどに膨大な叡智を頭に収めながら酷《きび》しい旅を続け、薬であれと育てられた。それなのに、母親は慧玲を薬としてつかわなかったのだ。

(私は薬だったの。それとも姑娘だったの)

母親はなにを想って、姑娘を櫃《ひつ》に押しこめ、先帝から隠し続けたのか。

母親は今際になって「これは先帝との約束だった」と言った。壊れた父親に姑娘を害させないことが、愛ではなく、ただの約束にすぎなかったのならば。

(最期に怨まれるくらいだったら、いっそあの時、殺されたかった)

どうすればよかったのだろうか。

(私はこれから、どうすれば――)

不意に視線をあげれば、枝垂れた梅の枝があった。冬の遠い日輪を縁どるように細い枝が絡まりあい、風雅な水墨の絵を想わせる。

知らず知らずのうちに雪梅の宮に足がむいていたらしい。

「慧玲！」

離れたところから声を掛けられた。

亭子《あずまや》で茶を嗜《たしな》んでいた雪梅が袖を振る。振りむいた慧玲がよほどにひどい顔色をしていたのだろう。雪梅が慌てて階段を降りてきた。

「お茶を淹れさせるから、あがっていきなさい」

「あの、私は……」

「いいから、ほら」

雪梅はなかば強引に肩をつかみ、亭子ではなく、宮のなかに慧玲を連れていった。

部屋の暖かさに身の強張りが少しほどけて、すっかり冷え切っていたことをはじめて意識した。火鉢では時々乾いた炭が弾け、妙に心地のいい調べを奏でていた。杏如は揺り籠に横たえられ、健やかに眠っている。

「なにか、あったのね。貴女がそんなふうに落ちこむなんて」

杯に黄金の茶がそそがれて、茉莉花《まつりか》の香がふわりと拡がった。梅とはまた違った穏やかな芳香だ。唇を濡らしてから、慧玲は微かに息をつく。

久方振りに呼吸をしたような心地だった。

何を話すべきかと考えて、言葉にできるものがひとつもないことに後ろめたさを感じる。それを察したのか、雪梅は柔和に睫をふせた。

「無理に話せとは言わないわ。隠すのは華の妙《たえ》ですもの。一緒にお茶を飲みたかっただけ。それだけでも解けるものがあるでしょう」

慧玲は唇をかんではほどき、葛藤していたが、ほっと細《ささ》やかな弱音をこぼした。

「……どうするべきなのか、わからなくなってしまって」

「どうするべきか、ねえ」

雪梅が紅梅のような唇を持ちあげる。

「貴女はどうしたいのかしら」

考えたこともなかった問い掛けに慧玲が瞬きをした。

「私は、幼い頃から華であれと言われ続けて、その言葉に縛られてきたけれど、華でいたくないと望んだことはないのよ」

舞うように紅絹《もみ》の袖を振って、彼女は華やかに咲《わら》った。続けて彼女は、給仕として側についていた小鈴に視線をむける。

「小鈴。貴女は確か、殿方みたいに国子監へ通って勉学《まなびや》に励みたかったのよね」

「左様です。女は書など読めずともよいというのが、家人《かじん》の考えでしたから。お兄様は国子監にいくのがとても億劫《おっくう》そうでしたが、私は……うらやましかった。今は雪梅様が用意してくださった書で勉強ができて、とても嬉しいです」

「貴女は偉いわねぇ。私なんか読んでいるだけでも眠くなるわ」

小鈴は恐縮して、頭をさげる。

「私は舞が好きだもの。舞い踊る私は、麗しいでしょう？」

雪梅は凜と胸を張った。慧玲はまだ一度しか観《み》たことがないが、雪梅の舞台は、言葉を絶するほどに華麗だった。静かな舞は季節を待ちわびるつぼみのようで、激しい乱舞は花吹雪を想わせた。華の舞姫という称号は飾り物ではない。

「でも、華はかならず、冬を迎えるものよ。だからこそ、冬に散っても愛すると言ってくれる御方がいれば、また春に咲き誇れるものなの」

雪梅にとっては、それが殷春だったのだろう。彼女は愛される華だが、愛する華でもある。たったひとりの男を。産まれたばかりの命を。そして舞を。

彼女は愛している。

「……眩《まぶ》しい」

慧玲は感嘆して緑眼を細めた。

「あら、そうかしら。薬である貴女は季節を違《たが》えて一輪だけ咲き続ける華みたいで、傷ましい時もあるけれど——とても、誇らかよ」

誇らかという言葉が、しんと胸に落ちてきた。

「私は貴女に二度命を助けられたわ。貴女がいなかったら、杳如にも逢えなかった。小鈴だって、貴女に助けられたようなものだわ。ねえ、小鈴？」

小鈴が雪梅の言葉に強く頷く。

「仰るとおりです。あの時、雪梅様が命を落とされていたら……私は今頃、冬の宮の高殿から身を投げています」

慧玲は彼女たちのことを助けたとは想っていなかった。なすべきをなしただけだ。

「貴女は、誇るべきよ。誰かに敷かれた道だったとしても、貴女自身が歩いてきたことに違いはないもの」

けれども、彼女らが今、微笑みかけてくれることがどれほど重いか。

助けることは、助けられることだとおもった。

雪梅の言葉をかみ締めて、慧玲は張りつめていた眦を微かに緩める。

(何処までいっても、私は、薬なのね。芍薬のつぼみからは梅が咲けないように)

先帝はかつて宣《のたま》った。毒を喰らいて、薬となせ。毒を喀くなかれと。

だが先帝は誓いを破り、白澤たる母親もまた毒となって息絶えた。

毒は薬に転ず。だが薬として律することができなければ、毒は毒だ。

これまで慧玲は、天毒地毒に侵された様々な者たちと縁を結んできた。羅《ルウ》の農民たちは地毒で飢えた。昊《ハオ》族は天毒で滅びた。ある者は助けられたが、ある者は救えなかった。

それは慧玲のなかで、後悔として刻まれ続けている。

(だからこそ、私は薬として毒を絶つ)

惑いを振り払い、緑の瞳が透きとおった。

「ありがとうございます。雪梅嬪のお言葉で霧が晴れました」

「あら、それはよかった」

雪梅が嫣然《えんぜん》と微笑した。咲き誇る梅の貌《かんばせ》で。

慧玲は雪梅の宮を後にする。離舎に戻る途中で、宮廷からの使者がかけてきた。

「今朝がた、例の薬種がそろった。直ちに宮廷の庖厨に赴き、調薬を始めるように」

ついにこの時がきた。孔雀の笄を奏で、慧玲は胸を張って踏みだす。

「承知いたしました。すぐに参ります」

闘いに赴く果敢なる眼差しで。

◇

さながら、宴のようだった。

宮廷の庖厨には大陸の各地から取り寄せられた希少な食材がならんでいる。

商隊が都を発《た》ってから、十五日しか経っていない。急使の馬をつかい、昼夜を分かたず隊を動かし続けたのだろうが、よくぞこれだけの物を取りそろえられたものだ。大陸を制覇した帝国の勢力をあらためて思い知らされた。

海八珍、禽八珍、草八珍、山八珍——締めて、四八珍。

確認を終えた慧玲はたすきを結び、声をあげた。

「直ちに調薬に取り掛かります」

これでかならず皇帝の毒を絶つ。

「調理の補助が必要ならば、宮廷の女官をつかってくれ」

「いえ、恐縮ですが、……信頼がおけません」

職事官の提案にたいして慧玲はきっぱりと言った。

「許されるのならば、明藍星を希望いたします。皇帝陛下が病臥《びょうが》しておられることは藍星には伝えません」

彼女は廃された姫に忠誠を誓ってくれた、ただひとりの女官だ。職事官はふむと唸《うな》ったが、解ったと頷いてくれた。

「だが解毒に仕損じた時には、明藍星も死刑とす」

「構いません。いかなる毒であろうと絶ちますから」

藍星のことだ。「なんて約束をしてくれたんですか！」と悲鳴をあげても、最後は腹を括ってくれるはずだ。彼女はそういう姑娘だった。

藍星がきてくれるまでに下処理を進めておこう。慧玲は鍋に湯を沸かしはじめた。

しばらく経って、誰かが庖厨に入ってきた。庖厨は今、衛官たちに監視されており、部外者は侵入できない。藍星だろうとおもい、慧玲は振りかえらずに声を掛けた。

「藍星、きてくれたのですね。いまは手が離せなくて……」

唐突に殺意を感じて、背筋が凍りついた。後ろにいるのは藍星ではない。ああ、そうかと理解する。

「鴆、おまえなのね」

振りむけば、陰《かげ》を統べるような風姿の男がたたずんでいた。

衛官たちは彼の背後で倒れていた。眠っているのか、気絶しているのか。毒にやられたことは、あたりを舞っている蜉蝣《かげろう》の群をみれば、わかる。

紐《ひも》で結わえた長髪を掻きあげ、鴆は尋ねてきた。

「毒か、薬か」

「みれば、わかるはずよ」

鴆は失望するように黙って、眸を陰らせた。

「毒をもって毒を制すとおまえは言ったね。けれども薬と転ずることのない毒は毒を制するどころか、毒を重ね、より強くするだけよ」

事実、皇帝が毒殺されたことで、天毒地毒が吹き荒れた。

「私は薬で毒を絶つ」

緑と紫。相いれぬ瞳で睨みあう。

「そうか、……残念だよ」

鴆が隠していた短剣を抜きはなった。

砥ぎすまされた剣の先端をむけられ、慧玲は神経を張りつめた。

哀しいとは想わなかった。彼女が薬を選べば、こうなることはわかっていたから。皇帝を解毒できるのが白澤だけであるかぎり、慧玲を殺せば、鴆の復讐は果たせる。けれども、彼と過ごした時の長さが、ふたりは敵だということをわすれさせていた。

鴆が殺すつもりならば、抵抗をしてもどうにもならない。

首を斬られたら、胸を刺されたら、腹を裂かれたら、どれだけ毒に強くとも慧玲は嵐に花が散らされるように易く息絶えるだろう。

「地獄の底で息絶えてくれと言っていたのに」

「はっ、なにを言ってるのさ」

鴆が踏みこむ。距離は一瞬で縮められ、悪辣に嗤う紫の双眸《ひとみ》がせまる。

「ここが地獄の底だ。そうだろう？」

慧玲は瞼を塞いで、身構える。

だが、いつまで経っても、死は訪れなかった。

かわりに唇が燃える。

「っ……?」

接吻《くちづけ》だ。なぜ、こんな時に。

振りほどこうにも剣が突きつけられていて、身動きひとつ取れなかった。舌を絡めとられ、唾がまざり、人毒を盛られる。

強い毒が、喉からこくんと胸に落ちた。肋骨を喰い破るのではないかと想うほどに鼓動が激しく脈打つ。脚も腕も痺れて、慧玲は膝から崩れ落ちた。鴆はそんな彼女を軽々と抱きとめる。

意識が遠ざかる。最後に聴こえたのは愛執めいた昏い声だ。

「貴女を殺すものか。離さないよ、なにがあろうと」

それはなぜだか、縋るような響きに聴こえた。

◇

あれから、どれくらい時が経ったのか。

慧玲は微睡みを経て、寝台から身を起こす。鎖が微かに音を奏でた。腕には枷《かせ》がつけられている。肌に傷がつかないよう絹布が挿《はさ》まれてはいるが、嵌《は》められて一晩経つとさすがに痛みがあった。意識を取りもどしたばかりの時は戸惑い、外そうとしたが、鍵がないとどうにもならず諦めるほかになかった。

（鴆はいったい、なにを考えているの）

慧玲は鴆に誘拐され、ここに監禁された。

牢屋《ろうや》というには部屋らしい部屋だ。肌寒いが、耐えられないほどではない。

宮廷の鴆の私室でないことは確かだが、微かに時鐘が聴こえるので、宮廷か、後宮かの敷地《しきち》ではあるのだろう。毒師の一族が宮廷とつながっていた頃につかわれていた潜窟だと鴆は言ったが、不必要には語らなかった。

「起きていたのか」

鴆が穏やかに微笑みつつ、寝台に近寄ってきた。

「ちょうどよかった。ほら、食べなよ」

盆には綺麗にきり分けられた桃が乗せられている。竹楊枝《たけようじ》で刺して、鴆がひときれ、差しだしてきた。拒絶しても無理に詰めこまれるだけだろう。慧玲は素直に唇を割って、桃を食《は》んだ。

「旨いか」

「そうね、よく熟している」

またひとつ、桃を差しだされる。戸惑いながらも諦めて果実を頬張れば、彼は嬉しそうに頭を撫でてくれた。餌づけでもされている気分だ。

「私を殺さないの」

「へえ、あんたは殺されたいのか」

鴆は愉快そうに眉の端をあげた。

「……廃されたとはいえ、私だっておまえの一族を滅ぼした帝族よ」

「僕は貴女のことを渾沌の姑娘だと想ったことはないよ。白澤の姑娘だともね」

他愛もなく言われた言葉がなぜか、強く心揺さぶる。

そうだった。彼は逢ったときから慧玲をただ、慧玲として受けいれ、時に衝突し、時になぐさめてくれた。だから敵だと理解していても、彼と過ごすのは心地よかったのだ。

「貴女こそ、僕を怨むべきだ」

鴆は慧玲の、ほどかれた髪を梳いた。鴆が奪ったのか、白澤の笄はない。

「先帝が壊れたのは僕が産まれたせいだ。僕は貴女からすべてを奪った毒そのものだよ」

慧玲は一瞬だけ視線を彷徨わせたが、ため息をつきながら言った。

「そういうことは、それなりに後悔をもって言うものよ」

彼には、後悔というものがなかった。彼は毒と産まれ、毒となっただけだ。

毒すものは毒される。ゆえにいつかは裁かれるべきだという意識はあっても、後悔には結びつかない。

「貴女にだったら、復讐されても構わないのに」

微かだが、時鐘が聴こえてきた。鴆が面倒そうに眼を細める。

「僕はいくけれど、貴女は好きにしていてくれ。今度、暇を潰せそうな書でも取り寄せてあげるよ」

鴆は枷を外してくれた。かわりに扉が外側から施錠される。鉄格子の窓がついた重厚な扉だ。とても壊せそうにはない。

「いつまで続けるつもりなの」

「そうだね。ひとまずは、皇帝が息絶えるまでかな」

それほど時間は掛からないだろうと鴆は言った。緩和薬も底をつきたはずだ。皇帝が息絶えれば、慧玲は調薬を放棄した罪人となり、宮廷から追われる身になる。後宮に帰ることはできなくなる。

慧玲は失意のうちに項垂れた。

笄を探す。毒の簪はあったが、笄はなかった。

鴆が置いていった煙管を摘まみ、暇つぶしに眺めた。蜘蛛の彫りが施され、先端からは紫水晶の珠飾りが垂れている。それにしても変わったにおいの葉煙草《はたばこ》をつかっている。薬草だろうか。まだ燃えていない葉を食んでみる。微かな苦みと芳香が拡がった。慧玲は瞬時に鴆がこれを喫《す》っていたわけを理解する。

鴆は明敏な男だ。だから、ここも誰かが探せるような場所ではないのだろう。二十尺ほど頭上に設けられた横に細い窓を見あげる。鉄格子の隙間から微かに陽が洩れてきているが、天候のせいか、やけにうす暗く、外の風景は確認できなかった。

叫び続けても、誰かに声が聞こえる望みはないだろう。

慧玲はまたひとつ、ため息を重ねた。

◇

蔡慧玲の失踪は後宮をひどく騒がせた。

三日三晩の捜索の成果もなく、宮廷では皇帝の解毒という重責に臆したのだと謗《そし》られ、皇帝に関する事情を知らない後宮では食医が重罪を犯して逃亡したという噂が拡がりはじめていた。

「なんでも皇后様の御脚《おみあし》を治そうとして失敗したとか」

「私は皇帝陛下に毒を盛ったと聞いたわ。渾沌の姑娘だもの。それくらいのことは、やりかねないわよね」

妃妾たちが口々に噂を振りまいている。

後宮において、噂は華たちの娯楽だ。蝶とたわむれるように噂を振りまいていた妃妾の頭上に水が振りそそいだ。妃妾たちがいっせいに悲鳴をあげる。

「慧玲様は！　そんなこと、ぜったいになさいません！」

空になった水桶《みずおけ》をかついで、妃妾の背後で仁王だちしていたのは藍星だった。彼女は怒りに震えながら、声を荒げる。

「今の言葉、取り消してください！」

妃妾は髪から水滴を垂らして、藍星につかみかかった。

「下級女官の分際でこんなことが許されるとでも……」

「慧玲様は患者を残して、わが身の可愛さに逃げだすような御方ではありません！　あの御方はいつだって薬に命を賭けておられます」

確かにこの頃、慧玲はずいぶんと思いつめていた。

鍋をこげつかせてしまい、落胆していた背は心細げで、風が吹けば崩れてしまいそうな危うさがあった。でも、だからといって、彼女がなすべきことを投げだすとは考えられない。ぜったいに訳があるはずなのだ。

「まして皇帝陛下に毒を盛ったなんて、そんな侮蔑は許しませんから！」

「な、なによ！　後宮の食医だなんだといったところで罪人の姑娘じゃない！　罪人が医官になっているなんて、そもそもがおかしかったのよ！」

「っ……」

怒りにかられた藍星が咄嗟に拳を振りあげた。

「……やめておけ」

後ろから腕をつかまれ、藍星が振りむけば、仮面をつけた長身の宦官が立っていた。

「貴方は確か、失っ礼な宦官……じゃなくて、春妃つきの」

「卦狼だ」

彼はやれやれと言いたげに名乗ったあと、妃妾たちを睨みつけた。

「蔡慧玲の罪を一時免じたのは皇帝陛下だ。皇帝陛下の御意に不満があるんだったら、俺が直訴の機会を設けてやるが、どうする？」

妃妾たちが縮みあがる。

「え、あ……そ、そんなつもりじゃ」

「虚言を弄するのは程々にしたほうが身のためだ。ほら、散れ」

妃妾たちは捨《す》て台詞《ぜりふ》も言えず、蜘蛛の仔《こ》でも散らすように逃げていった。

「……食医が姿をくらましたそうじゃねェか」

卦狼に言われて、藍星は怪訝《けげん》に眉を寄せた。

藍星は卦狼の素姓を知らない。水毒事件の首謀者だったことはおろか、慧玲に命を助けられたことも教えられていないため、卦狼がなぜこうも踏みこんでくるのか、藍星には理解できなかった。

第一印象が最悪だったこともあって、藍星は狼に睨まれたうさぎのように警戒する。

「俺を信頼しろとは言わねェよ。だが食医を探すんだったら、これをつかえ」

卦狼はそう言って、きらきらとしたものを藍星に渡す。

鎖の先端に円錐《えんすい》型の鉱物がついた振り子だ。透きとおった青い結晶のなかで水の雫が眠っている。

「これ、なんですか？」

「失《う》せ物《もの》探しの振り子だ。指にかけ、垂らして食医のことを考えれば、あいつのいるところまで導いてくれるはずだ」

藍星がこてんと頭を傾ける。

「おまじないみたいなものですか？」

「呪《まじな》いよりも確実なもんだ」

本来は水脈などを探すときにもちいられるものだが、卦狼は億劫なのか、それ以上は語らなかった。

「お前は頭はいかにも悪そうだが、勘はよさそうだからな。適任だろ」

「え、それって殴ってもいいってことですか」

藍星がにこにこして、げんこつを握った。

「はは、……勘弁してくれ」

「冗談はともかくとして……なんで、助けてくれるんですか」

藍星が素直に訊ねれば、卦狼は仮面の裏で微苦笑した。

「食医には、ひとかたならぬ恩があるもんでな」

恩を享けたのは藍星も同様だ。だが単純に患者として助けてもらったから、というだけではなく、藍星が命を賭けるに値するものは、ほかにあった。

「……だったら、もっとちゃんと助けてくれればいいのに」

藍星がぼそりと言えば、卦狼は今度こそ呵々《かか》と声をあげた。

「悪りぃな。俺が命を賭けたい姑娘《おんな》は他にいるからよ」

彼は肩を竦めて、背をむける。春妃のもとに還るのだと藍星にもわかった。

卦狼が去ってから、藍星は教えられたとおり、振り子の鎖を指に絡めてみた。

「慧玲様のところに導いてください…………こんなかんじでいいのかなあ」

何度か唱えているうちに振り子が動きだした。まさか、動くとはおもっていなかった藍星は息をのみ、さきほどよりも真剣に念ずる。

振り子は西南の方角を指した。

「そっちに慧玲様がおられるんですね」

藍星は振り子に導かれるままに移動する。

夏の宮を越え、藪《やぶ》を踏み分け、藍星がたどりついたのは霊廟だった。石を積みあげて築かれた霊廟は古墳のような物々しさを漂わせていた。

後宮の霊廟はいわくつきだ。皇帝に冷遇され、帝族の霊廟に入れなかった皇后が埋葬されたとか。心が壊れて暗殺された皇太子の墓だとか。そんな噂もさもありなんと感じられるほど霊廟一帯はうす暗く、奇妙に静まりかえっている。

「こわ……っ、え、真昼からおばけとかでませんよね？　なんでよりによって、こんなところなんですかぁ」

藍星はべそをかきながら霊廟の扉を探す。

階段をあがったところに設けられた扉は閉鎖されていた。裏から侵入できないかと霊廟の壁を確かめてまわっていると、振り子が地を指すようになった。

「……えっ、やだ、まさか、慧玲様……死んでないですよね……」

藍星が瞳いっぱいに涙をためて、叫び声をあげる。

「慧玲様！　慧玲様！　やだやだ！　死なないでください！」

「……その声は、藍星？」

何処からか、慧玲の声が聴こえた。

「慧玲、様……？　ど、どちらにおられるんですか！」

「藍星！　私はここです！」

声を頼りに探せば、壁の低いところに枯草で埋もれかけた横窓があった。藍星は窓を覗きこみながら、確認する。

「……お、おばけじゃないですよね」

「脈拍はありますし、呼吸もしていますよ」

「ああ、よかった、よかったです！」

藍星は安堵して、泣き崩れた。窓には錆びついた鉄格子がはめられていたが、壊せそうだ。幸いなことに慧玲は華奢なので、窓を壊して縄でも垂らせばあがれる。藍星は石を拾い、窓を壊そうと打ちつけだした。そのときだ。

蜈蚣《むかで》の群が這いだしてきた。

蟬《せみ》の抜け殻だけでも気絶するほどに蟲が嫌いな藍星は、喉が裂けんばかりに絶叫する。

「な、なにがあったんですか、藍星！」

「ぎゃあああぁぁ、あわわわわっ、む、蜈蚣……蜈蚣が！」

「蟲……」

慧玲の声が緊張で硬くなった。

「藍星、それは毒の蟲です。すぐにそこから離れて、宮廷に救援をお願いしてください。わかりましたね？」

「で、でも」

　藍星が言葉をつまらせる。ひどい胸騒ぎがしたのだ。

「いま、ここを離れたら、慧玲様とはもう逢えなくなる、そんな予感がするんです……死ぬまで後悔することになりそうな。慧玲様を喪《うしな》うなんて、ぜったいにいやですっ」

　藍星は震えながら、窓に絡みつく蜈蚣ごと潰すように石を振りおろした。錆びているところがぼろぼろと崩れた。後は引っ張れば壊せそうだ。

「ううっ、刺された後でやばそうだったら、お薬を調えてくださいね！」

　藍星は腹を括り、うごめく蜈蚣の群に腕を突っこむ。蜈蚣の群が藍星に群がって、いっせいに毒の牙を突きたてた。燃えるような激痛――続けて、血管という血管が膨張するような、あるいは縮んでいるような、言葉にはできない虚脱感に襲われた。

「藍星！　どうか、やめてください！　毒によっては命の危険だって」

「だいじょうぶです。私はあの時からずっと、慧玲様に命を捧げていますから！」

　藍星は力を振りしぼって、鉄格子を引っ張った。腕から肩のあたりまで蜈蚣があがってきているが、藍星は無我の境地に達している。

「女は根性おおぉぉ！」

　鉄格子が勢いよく外れた。

「やった、後は……」

　藍星は蜈蚣の神経毒でふらつきながら、繁《しげ》みにあった藤の蔓《かずら》を垂らす。蔓をつかって、慧玲が窓から外にでた。

「よかった、慧玲……さ、ま……」

精魂つき果て、藍星はがっくりと膝から崩れるように倒れた。

毒がまわって視界もぐにゃぐにゃだ。慧玲が懸命に蜈蚣を払いのけてくれている。慧玲様まで刺されてしまうとおもったが、身動《みじろ》ぎひとつできなかった。

「直ちに解毒します。離舎まで持ちこたえてください」

慧玲は藍星を背に担いで、雪が残った林を歩きだす。誰かに背負われるのなんて、いつ振りだろうかと藍星は想いを馳せる。藍星が幼かったとき、父親が肩車をしてくれた。あれはお祭りの晩だったか。

今となれば、遠い幸福だ。藍星は先帝に逢ったことはない。父親が語ってくれたかぎりでは、強く聡明《そうめい》な皇帝だったという。だが先帝に忠誠を誓っていた藍星の父親を、先帝は塵《ごみ》でも捨てるように処刑したのだ。

「慧玲、様……が、皇帝だったらよかったのにって、言ったじゃない、ですか。今でも想っています……だって、慧玲様は……」

優しいから、と震える唇で言葉を落とす。

知識があって敏いからでも。強いからでもない。

藍星からすれば、そんなものはどうだっていい。皇帝に必要なものはただひとつ。等しく誰かを想うことのできる優しさだ。

「皇帝、というのは、民のための……薬であるべきだと――」

藍星が痺れる喉で懸命に声を紡ぐ。

「そうよ。だから、ぜったいにあなたを死なせるものか。……藍星、どうか、もうしばらく毒と闘ってください。私も一緒に闘いますから」

ああ、この声だと藍星は想った。

優しさとは変わらぬことだ。

緑青の毒に蝕まれた時のことを想いだす。命を諦め、死を望んだ藍星にたいして、医師である彼女のほうが哀願の声をあげたのだ。

生きたいと言ってください――と。

あの言葉こそが最たる薬だった。

だからこそ、藍星は薬の廃姫に跪き、命までも捧げたのだ。

◇

春節だというのに、宮廷は静まりかえっていた。皇帝の身に障ってはならないと音楽は奏でられず、赤紅の飾りつけだけが虚しく風にはためいている。

皇帝自身は寝室からでることもかなわず、医官だけが順に寝室へと訪れては、項垂れて退室するという繰りかえしだった。

雛皇帝は日増しに激しくなる頭痛で衰弱していた。

額の角はゆがみ、枝わかれしながら伸び続けている。

この頃は窓から日が差すだけでも頭が割れそうに痛むため、寝室の窓にも帷をかけていた。横になっているだけでも頭蓋が軋んで、ほとんど眠ることができず、かといって身を起こせば、角の重さに頭が傾ぎ、劇痛と強い眩暈をともなう。

「もっと、強い薬はないのか……」

「……残念ながら、陛下」

「もうよい、さがれ」

皇帝が息絶え絶えに言う。

宮廷で最も優秀な典医でも万策がつきていた。薬の量は増え続けているが、どれを服しても地毒には効果がない。皇帝は苛《いら》だちまぎれに卓にならべられた薬を払い落とす。

「蔡慧玲は何処にいった……なぜ、見つからぬのだ」

蔡慧玲が失踪してから、四日が経っていた。

誘拐されたのか、あるいは――最悪の事態が頭によぎる。よもや雛皇帝が先帝に毒を盛ったことを、慧玲に知られたのではないか。いや、有り得ないと皇帝は頭を振った。

今となっては、あの時の真実を知っているのは皇帝自身と皇后だけだ。

「気が弱っているのだな……」

皇帝は呻きながら、寝台に身を横たえる。

「……陛下」

車輪の音にあわせて鈴のような声が聴こえ、皇帝は声をあげた。

欣華皇后が微笑むだけで皇帝は暗い室内にひと筋の光が差したような錯覚を起こす。

「欣華、きてくれたのか……」

欣華は車椅子を転がして皇帝の寝台に寄りそった。

「可哀想ねえ、歌でも歌ってあげましょうか。あなたのために」

「ああ、歌ってくれ……欣華、その愛しい声で」

欣華の動かない脚に頬をすり寄せ、皇帝は瞼をとじる。

欣華は頷き、彼の髪を撫でながら歌いはじめた。花唇《くちびる》から透きとおるような旋律があふれ、部屋に満ちる。金糸雀でもこうも綺麗な声ではさえずるまい。

「金糸雀、か」

皇帝は苦痛を紛らわせるように、細々と語りだす。

「昔のことだが、金糸雀を飼っておった。脚が折れたもの、翼が育たなかったものばかりを選んで、迎えた。鳥屋にはずいぶんな物好きだと想われていたであろうな。動かぬ脚でも、舞いあがれぬ翼でも、籠のなかでさえずるさまは実に愛らしかった。餌をやったり、豪奢に籠を飾ったりしていると、ひと時でも心が癒されたものだ。吾は……幼い時から宮廷では疎まれもので、誰からも必要とはされなかったが……金糸雀たちは違った。血統も才能も関係なく、吾を必要としてくれた」

瑠璃で飾った籠を造らせ、遠いところから希少な果実を取り寄せた。愛する金糸雀のためには、いかなる物も惜しまなかった。

歌をいったんやめて、欣華が微笑する。

「あら、だったら今は妾があなたの金糸雀なのねえ」

肯定するように皇帝は眦をさげた。

「……金糸雀たちのために暇を割き、財を投じておるとな、奇妙なことに金糸雀を飼っているようで、吾のほうが金糸雀に飼われているような心地になるのだ——それが、吾はたまらなく好きだった」

他者には理解できぬであろう享楽に彼は恍惚と息を洩らした。

「だが、そなたほどに美しい金糸雀は、いなかった」

彼女に逢ってから、彼のせかいは変わった。

幸福とはなにか。愛とはなにかを知ったのだ。

彼は華の宮にいるほとんどの妃嬪のもとに渡り、閨《ねや》をともにしたが、欣華だけは抱いたことがなかった。彼女にたいする愛は、そのような欲ではない。

皇帝はしばらく歌に聴きほれていたが、沈黙を破り、切りだした。

「日蝕の時に吾は視た——麒麟の姿を、この眼でな」

信じがたい言葉に欣華が黙った。

「わかっている。そのようなことが、あろうはずがないのだ。索盟を処刑した晩、麒麟は確かに死に絶えたはずなのだから」

雕皇帝は知っていたのだ。麒麟が索盟に殉じ、雕を認めなかったことを。

だがそれは終わったことだ。

「麒麟の骸は」

皇帝は強張る指先で欣華の唇に触れる。

「そなたが喰らってくれた」

艶やかに濡れた唇をなぞってから、皇帝の指が離れる。

「そうよ。でもね、あれは抜け殻だったの。麒麟の魂は鳳凰に輪廻《りんね》して、蔡慧玲のなかで眠っているわ」

「ならば、これは祟《たた》りなのか。日蝕は皇帝が替わる前兆という。吾は、死ぬのか」

欣華は純金の睫をふせて、微笑を重ねた。

「祟りなどなくとも、にんげんは死に絶えるものよ」

「そうか。……そうだったな」

死とは等しいものだ。有能であろうと、無能であろうと、最後には誰もが屍《しかばね》となって、土に横たわる。驕《おご》れる者たちは死に恐怖して、死を遠ざけようと試みた。ある者は水銀を飲み、ある者は仙人を探した。だが死がすべてをたいらげるという現実は、いついかなる時も雕皇帝の心を慰撫《いぶ》してきた。

「死は、よい。だが、苦痛は……嫌だ」

魂が壊れてなお、命だけを繫ぎ続ける――先帝の死に様を想いだして、雕皇帝はぞっとした。他ならぬ彼がそのような地獄の毒を盛ったにもかかわらず。あるいはだからこそ、あんな最期だけは避けたいと望む。

「欣華よ、そなたに頼みがある」

「なにかしら」

「吾が息絶えることがあれば、そのときは」

神にでも縋るように声を震わせて。

「この身をすべて、喰らってはくれまいか」

紅の舌をわずかに覗かせ、花唇《かしん》が綻ぶ。皇后は嬉しそうに身をかがめて、皇帝の額に接吻を落とした。頭から、喰らいつくかのように。

「いいわ、妾が喰べてあげましょう。魂まで残らず、ね」

物心ついた時から、慧玲は薬でありたいと望み続けてきた。だがこれほどまでに強く望んだことがあっただろうか。

◇

離舎まで藍星を運びきった慧玲は、すぐさま調薬に取りかかった。

鴆が扱う毒蟲は多様だ。造られた特殊な毒蟲もいれば、有り触れた蟲もいる。藍星を襲った蟲は紅蜈蚣《べにむかで》という種だった。偶然に霊廟を通りがかったものが襲われても疑われないよう、敢えて何処にでも棲息する毒蟲をつかったのだ。

紅蜈蚣の神経毒は致死毒ではない。問題は刺されすぎたことだった。刺された腕から肩までが真っ赤に腫れあがって熱をもち、酷い有様《ありさま》だ。

だが、解毒のために必要なものは幸いにもそろった。

慧玲は袖から鴆の煙管を取りだす。この葉煙草は、蟲の毒を解毒する薬草だ。人毒を備えている鴆には、毒にたいする免疫がある。だが慧玲と違って、毒がいっさい効かないというわけではない。この煙草を喫っているのがその証だ。毒を帯びた蟲を危険なく扱うため、彼は日頃から煙管を吹かしているのだ。

慧玲には今、白澤の証である笄がない。わずかな心許なさを、慧玲は思いの強さで振り払う。藍星の命がかかっている。敗けるわけにはいかなかった。

煙管から葉を取りだし、鍋で煮だす。湯があざやかな真紅にそまった。

鍋に砂糖をいれ、牛骨と豚皮を乾かして挽いたにかわをいれる。さっとまぜてから砕いた氷をいれ、さらに匙でまぜた。とろみがついたところで氷を取りだして杯に移す。

後は雪のなかに埋めるだけだ。

五分ほど経っただろうか。雪から取りだされた薬は、ぷるぷるにかたまっていた。

後は生乳脂《なまクリーム》を垂らせば、できあがりだ。

声を掛けると、藍星は弱々しくも微笑んでみせた。

「……待って、ました。薬、できたんですね」

「調いました。薬紅茶《くすりこうちゃ》の果凍《ゼリイ》です、どうぞ」

ひんやりとした果凍を匙ですくいあげれば、透きとおった紅の果凍に乳が絡む。縞瑪《しまめ》瑙《のう》を想わせるきらめきだった。

だが、藍星にそれが見えているかどうかはさだかではない。神経毒は一時視神経を麻痺させる。眩暈、動悸《どうき》、強い嘔気《おうき》もあるはずだ。

「食べられそうですか」

「食べ、ます。吐きそうですけど……なんとか」

最後の力を振りしぼるようにして、藍星が匙をふくんだ。

「あ、なんだか、風のかおりを食べている、みたい……あまくて、さわやかで……ふふ、慧玲様のお薬の味だ」

心地よさそうにほわと息をついて、藍星はとろけた。

蜈蚣の毒は熱で分解されるという特徴がある。蜈蚣に刺されたときは、まず熱めのお湯をかければよい。だが、刺されてから時間が経ってしまうと、温めることで毒が拡ってしまう。だから炎症による熱を取り除きつつ、毒にだけ火の薬をぶつけるのだ。

薬紅茶は火の薬だ。また、蜈蚣は香りの強い植物を避ける。桧《ひのき》、樟脳《しょうのう》、薄荷などがとくによいが、この特殊な茶葉の香も蜈蚣除《よ》けになる。

そして香とは食の魁《さきがけ》だ。

嗅覚に働きかける香りこそが、食物の旨みを最大限に伝達する。風邪をひき、鼻が麻痺している時に味を感じないのはそのためである。裏返せば、食欲がなくとも嗅覚さえ刺激すれば、喉を通る。

「慧玲様、痺れがとれて、呼吸ができるようになってきました。視界も……まだぼやけてますけど、慧玲様が側におられるのはわかります」

「よかった。まもなく解毒できますからね」

慧玲は安堵の息をつき、薬を食べ終えた藍星の頭を撫でた。

「……よく頑張ってくれましたね」

「わ、やだ。泣きそうになるじゃないですか」

藍星が瞳を潤ませ、思いきり慧玲に抱きついた。抱き締めてきた腕の力が次第に抜け、藍星はことりと眠りに落ちる。

薬師は毒と闘うものだが、それは患者も同様だ。解毒するのには力を要する。起きる頃には完全に毒が抜けていることだろう。

毛布をかけ、ひと息ついたところで離舎の外がにわかに騒がしくなった。なにごとかと窓から覗けば、衛官が離舎を取りかこんでいる。

「蔡慧玲、ここにいるのはわかっている！　直ちに――」

「そのように声を荒げずとも聞こえております」

慧玲は表に踏みだす。まるで罪人扱いではないか。

「なぜ逃亡した」

「誘拐され、捕らわれていました。明藍星に助けられ、帰還したところです」

「誘拐だと？　誰がそのようなことを」

「わかりかねます。気絶しているうちにさらわれ、霊廟に監禁されていたので、私を誘拐した者とは一度も接触しておりません」

慧玲は咄嗟に嘘をついて、鴆をかばった。

嘘は毒だ。これまで彼女は一度たりとも人を謀ったことはなかったというのに、自身でも理解できない感情が胸のうちで動いていた。

「それよりも、何日経ちましたか」

「……四日だ」

そんなに経っていたのか。薬種は乾物《かんぶつ》がほとんどであるため、傷むことはないだろうが、毒に侵されてずいぶんと経つ。いよいよに皇帝の命が危うい。

「取り調べは後ほど。宮廷の庖厨まで連れていってください、調薬を始めます」

「事の仔細《しさい》がわからぬうちに調薬をさせるわけには」

「皇帝陛下の御命が最優先です。……違いますか」

衛官たちが顔を見あわせる。慧玲は毅然《きぜん》とした態度で続けた。

「毒とは一刻を争うものです。そして地毒を絶てるのは薬の一族たる私だけ。通していただければ、かならずや解毒いたしましょう」

よどみなく紡がれる言葉に誰も異を唱えることができなかった。

「承知した。――食医を、宮廷に」

衛官たちが慧玲を取りまき、宮廷まで連れていった。

後宮と宮廷を繋ぐ橋を渡るとき、微かに嗅ぎなれた煙管の香がして息をのむ。橋の欄干に鴆が奪っていった孔雀の笄がおかれていた。慧玲はそれを髪に挿して、振りかえらずに進んでいく。いかにあろうとも毒と薬は相いれないものだ。

重ならぬからこそ、薬は薬で、毒は毒であれるのだ。孤独に誇らしく。

◇

佛跳牆《フォーテイアオチャン》という宮廷料理がある。

南の諸島から北の最端まで大陸を旅して、万の食材を堪能《たんのう》した賢者がいた。賢者は各地方で最も旨かった食材を都度《つど》酒に浸け、都に持ち帰った。それらをあわせて煮こんだところ、百里先にまで言葉につくせぬ芳醇な香が漂って、都中のあらゆる身分、あらゆる職の者たちが集まってきたという。貧しき者も富める者も、果ては神につかえ禁食をしていた者までもが塀をとびこえ、食べにきてしまった。

佛《ほとけ》も跳ねて、牆《へい》を越える——故に佛跳牆である。

この佛跳牆を基に、薬を造る。

紹興酒漬けにしておいた麒麟の骨でだしを取り、陶器の壺に四八珍を順に入れ、煮こむ。香が抜けないよう、蓮の葉を落として蓋をした。これは玻璃蓮《ハリバス》という特殊な植物だ。葉が透きとおっているので、なかの様子も確認でき、煮崩れることもない。

あとは三日三晩、煮続けるだけだ。

ここから白澤の技能が試される。昼は日の、晩は月の傾きにあわせて、火の強さを調整し続けなければならないのだ。わずかな誤差も許されない。側を離れることはおろか、かたときも神経を緩めることはできなかった。

「……食医の姑娘、あれから一睡もしてないぞ」

「すごい緊張感だな。調薬というよりは敵と闘っているような」

二晩を過ぎたあたりから衛官が騒ぎだす。衛官はすでに何度か交替を経ているのに、慧玲だけは眠らずに立ち続けていた。

「ああ、そうか。あの根が張ったような後ろ姿、どっかでみたことがあると想ったが、想いだしたぞ。先帝の背だ。先帝は戦線では絶えず先陣をきり、兵たちに背を預けた――あれは、陣にたつ者の背だ」

刺すようだった衛官たちの視線が次第に畏敬の念を帯びはじめる。

だが、慧玲の耳には彼らの言葉など、すでに聴こえてはいなかった。

これだけ煮こみ続けているのに濁りがなくならない。そろそろ澄んでくるはずなのに、なぜ。混沌と濁ったままでは薬にならず、毒になる。

調薬に不備はなかった。薬種を再確認する。

茸の育ちかたは充分で、海の物も乾されているので傷みなどない。

ならば、どこに不備があったのか。順に確かめていた彼女の瞳が見張られる。

――ああ、やられた。

禽八珍の項には彩雀というものがある。煌《きら》びやかな翼を携えた鸞という禽の、漢方としての名だ。赤に青、緑に紫と綾《あや》なす翼を拡げた雄姿は舞い踊る虹と語られる。だがこの鸞と酷似した羽根を持つものがいる。

䲰日《ピトフウィ》だ。鸞が孔雀ほどの大きさがあるのにたいして、䲰日は鳩《はと》と変わらず、姿形は異なる。だが、尾羽根だけはどちらも虹を帯び、長さを含めて違いはないに等しい。

皇帝の薬の材料として倉に運びこまれたのは尾羽根だけ。だから気づかなかった。

これは䲰日の羽根だ。

そして鸞が薬能を備えた鳥であるのにたいして、䲰日は毒鳥だ。

それもただの毒鳥ではない。

䲰日がさえずれば風が毒されて植物は枯れ、羽根が湖に落ちればたちまち腐って魚が死に絶えるとまで伝承される。羽根の先端で撫でるだけであらゆるものが毒に転ずるため、古くは暗殺にもちいられた。

だが、強すぎる毒を怖《おそ》れた帝族が遠い昔に絶滅させたはずだ。

それがなぜ、ここにあるのか。

（鴆だ）

この䲰日。またの名を鴆《ちん》——という。

鴆《チェン》はみずからの名称がついた最強の毒で、慧玲に最後の闘いを挑んできたのだ。

「いいでしょう、受けてたつ」

佛跳牆は火の薬、水の薬、木の薬、金の薬、土の薬のすべてをあわせた薬だ。いかなる不調和であろうとも中庸に還すことができる。

たいする鴞日の毒は、陰と陽のふたつの毒からなる。

この壺のなかに完璧な中庸——つまり、火は強からず、水も侮らず、木は滅ぼされず、金は乗らず、土も制されずという調和ができていれば、鴞日の毒をも薬と転じて、最強の薬ができあがるはず。そのためには、調薬する者にひとかけらの毒意《どくい》があってはならなかった。無意識の端にでも皇帝にたいする怨嗟があれば、復讐にたいする未練があれば、この薬は毒となるだろう。

蓮の葉に白磁の蓋を被《かぶ》せ、さらに時間を掛けて煮続けた。

朝になり、昼を過ぎ、夕に傾きだす。まもなく、三日三晩が経つ。

慧玲が神経を張りつめた。息をとめ、壺の底に意識を集中する。

魂だけが毒と薬の陣中にむかう。視界に拡がったのは混沌たる嵐だった。

薬が毒を喰らい、毒が薬を貪る——螺旋《らせん》をなして毒と薬が争うさまは、尾を喰らう猪竜《ウロボロス》の姿を想わせた。

混沌の坩堝《るつぼ》に誰かがたたずんでいる。

鴆か。いや、違う——薬たる慧玲を睨みつけていたのは緑の襦裙を纏い、腰に碧い帯を締めた姑娘だった。結いあげた白い髪に孔雀の笄を挿して、左には毒を帯びた簪ひとつ。他ならぬ慧玲自身だ。

薬の慧玲は毒の慧玲とむきあう。

(私は、毒を選ばない)

慧玲はいつのまにか握り締めていた剣を振りあげ、ひと息に絶つ。もうひとりの毒《自身》を。

慧玲の像がゆがみ、続けて鴆の姿をかたどる。

(ああ、やっぱり、おまえは私か)

ふたりは、等しい。慧玲が毒になり、鴆が薬となる星の廻《めぐ》りもあったのだろう。

だが、そうはならなかった。だから重ならない。

互いにひきかえせないところにまで進んできてしまった。いまさら別の道は選べない。

ここが、薬と毒の終端だ。

(時間ね――)

遠くから日入《にちにゅう》(午後六時)を告げる時鐘が響いてきた。

殻を破るように慧玲の意識が現実に還る。

佛跳牆は三日三晩煮こみ続けて調薬するものだ。裏をかえせば、三日三晩を越えて煮てはならない。煮すぎた薬はかならず、毒に転ずるからだ。

あと十秒経てば、薬ができあがる。

「ひ、ふ、みぃ」

そのときに壺のなかが濁っているのか、透きとおっているのか。

できあがるまでは、わからない。

「よ、いつ、む」

だが、如何にあろうと皇帝に渡す。薬でも、毒でもだ。

「なな、やっ」

それが争《たたか》いというものだから。

「ここの、とお――ああ、終わりね」

慧玲は壺を火からおろす。

蓮の葉に穴をあけ、驢窩菌から醸造された酒をそそいだ。香を封じこめるように再度、蓋を乗せる。

「調いました」

慧玲はひと呼吸をはさんでから、声を張りあげた。

「佛跳牆にてございます」

◇

皇帝の角は、すでに天を貫くほどだった。頭痛に苛《さいな》まれてふらつきながら、皇帝は力を振りしぼるように食膳にむかった。まわりには高官、医官がそろい、固唾をのんで解毒の是非を静観している。

「蓋を」

皇帝は痛みに歯を食い縛りながら、慧玲に命じた。

「大変に恐縮ですが、陛下にお取り願いたく」

「……ふむ」

皇帝は不承ながら、壺の蓋を取った。

見張られた皇帝の瞳に豊かなる天地と海が映る。

鼻《び》腔《こう》を通り抜け、緩やかに意識そのものを満たす。

弾ける、というのではなく春峰から霞《かすみ》がたなびくような風情で、芳香が拡がる。香は青天に風渡り、海は紺碧《こんぺき》に輝き、地には蒼《あお》が繁る。千紫万紅咲き群れる大地では鹿が草を食み、豹《ひょう》は夫婦で水を飲み、親熊が仔《こ》熊《ぐま》に乳を与えていた。穏やかな命の営みだ。犀の背にとまっていた鳩が風をつかみ、舞いあがる。鳩は雲とたわむれながら遠ざかり、麗しい錦の翼を携えた禽の群が雲海を渡っていく。群に紛れていた白鳥が翼をやすめようと湖に降りたつ。山椒魚《さんしょううお》が眠る湖からあふれた水は、海にそそぐ。白波を掻きわけ、魚の群が海に遊ぶ。鱶《ふか》もいれば、鯛《たい》がおり、それらを追い掛ける海豹もいた。緩やかに日は落ちて望月《もちづき》が海からあがる。

森羅万象は循環する。

壺中《こちゅう》の天地とでもいうべき夢想に誘われていた皇帝は息をのむ。香を嗅いだだけで、頭痛がやわらいでいたのだ。

「白澤の薬とは……これほどのものなのか」

皇帝はかみ締めるようにつぶやいてから、あらためて壺のなかを覗いた。

眉根を寄せ、皇帝が静かに問い質す。

「薬どころか、何も入っておらぬではないか」

慧玲は静かに微笑する。

「どうか、匙をお持ちください」

皇帝は疑いながら、匙を壺に挿しいれた。とぷ、と微かだが壺のなかで水が動き、確かに匙ですくいあげることができた。だが匙に乗せてなお、目には映らない。

「……重いな」

皇帝が匙に口を寄せた。舌の先端に触れたのがさきか、旨みが弾ける。

ふくよかな穀物のあまみ。海の塩を含んだ魚介のほどよい潮のにおい。弾けてあふれるような脂。芳醇な茸の旨み。

四八珍、締めて三十二。

　これらはただの食材ではない。野趣あふれる珍味だ。熊の掌から燕《つばめ》の窩《す》、希少な茸、果ては動物の臓物——ここまで多様な薬種をひとつの鍋で煮ては、味が衝突して不和をきたす。だが、この薬はすべての旨みが相殺されることなく、秩序のもとに生かされている。

「なぜだ。なぜ、こうも穏やかなのだ」

「畏れながら」

　慧玲が低頭する。

「豹は鹿を喰らいます。鱶は海豹を。ですが、豹が鹿を喰らうことで鹿が増え過ぎず、森は豊かになり、鱶が海豹を捕食すれば、魚が減り過ぎることもございません。喰らい喰われてこそ、和す。それこそが薬の極致です」

「……そうか」

　皇帝は含むように薬をのみ、ひと筋の涙をこぼす。

「これが調和というものか」

　角が砕けた。ぼろぼろと、乾いた土塊《つちくれ》のように崩れていく。皇帝は角のかけらを握り締めてから腰をあげ、窓の帳を取りはらった。

　斜陽が部屋に差す。日没がせまり、殊《こと》に強く燃える陽の光に皇帝はわずかに瞳を細めたが、苦痛はなく、安堵に息をついた。

土の毒は、絶たれたのだ。

「蔡慧玲よ」

皇帝があらためて慧玲とむかいあった。

「刑を一時取りさげたあの時から、一年余りが経った。そなたはひと度も毒と転ずることなく、薬であり続けた」

それぞれの季節に事件があった。

春は麗雪梅が毒に倒れて、春の宴を監修した。夏には夏妃である凬が皇后に毒を盛って死刑となり、後宮に火の毒が降った。秋は飢饉《ききん》と疫に見舞われた農村に赴き、冬には麗雪梅の御子が毒殺の危険にさらされた。

慧玲は薬をもって、そのすべてを解決してきた。

「よって、蔡慧玲を無罪とする――」

慧玲は望外の歓喜に言葉を失い、額をつけた。

彼女の首に絡みついていた死刑の縄が、今この時をもって完全に絶たれたのだ。

廃姫を蔑む高官たちは皇帝の宣言に顔をみあわせ、だがこの度ばかりは反論もできずに拝礼する。

斯《か》くして、宮廷に新春がきた。

歌に古箏に祝賀の声と、春節にふさわしい喧騒が絶えることなく続き、御殿を満たす。

久方振りに催された宴で職官たちは酔い、歓喜に湧いた。

だがその晩を境に、今度は鴆が宮廷から姿をくらませた。

◇

鴆が失踪して、三日が経った。

風水師の失踪は宮廷を騒がせたが、慧玲の時とは違って、後宮で不穏な噂が囁かれることはなかった。

ただ、風水師たちが慌ただしく後宮を訪れては風むきなどを観測していた。

おそらくは春節の終幕を飾る元宵節《げんしょうせつ》の準備だ。鴆の管轄だったはずだが、失踪してしまい、再観測が必要になったのだろう。

年配の風水師たちとすれ違いながら、慧玲は唇をかみ締めた。

鴆は毒師の暗殺者だ。危険人物が後宮からいなくなったのならば安堵してしかるべきなのに、胸のなかには風が吹いていた。

「どうかしましたか、慧玲様」

「ああ、なんでもありません。ちょっとばかり、毒のことを考えていただけですよ」

眉を曇らせる藍星にたいして、慧玲は努めて明るい声をかえす。

「藍星は明日から帰郷ですか」

「十日ほど、暇《いとま》を賜ります。臥《ふ》せっている母様のことも気に掛かりますし、慧玲様から賜ったものを家族に渡したいので。けど、ほんとうに宜しかったんですか」

秋の出張の時に皇后から賜った報酬をまとめて、藍星にあげたことを想いだす。

「あなたにはそれに値する働きをしていただいていますから」

「わわっ、もったいないお言葉です」

藍星は頭をさげてから、あの、と真剣な声をだす。

「……慧玲様が失踪された時のことなんですけど、誰に誘拐されたのか、ほんとはわかっておられるんじゃないですか」

「さあ、どうでしょうね」

慧玲は微苦笑して睫を傾ける。

藍星に事の仔細を話すつもりはなかった。鴆に誘拐されたことも、皇帝の毒についても。知らせては、藍星の身を危険にさらす。慧玲の思考を知ってか知らずか、藍星はぷうと頰を膨らませてから、諦めたように笑った。

「わかりましたよ。喋ってもいいと慧玲様に想っていただけるまで、私は誠意をもっておつかえし続けますから。……いつかは教えてくださいね」

宮廷の使者が橋を渡ってかけ寄ってきた。

「蔡慧玲、皇帝陛下がお呼びである。明晩、黄昏《こうこん》の正刻（午後八時）に皇帝陛下の私室を訪ねるように」

「承知いたしました」

土の毒は解毒できたはずだが、その後は診察をしていないため、心許《こころもと》ないのも事実だった。もっとも不調ならば、直ちにと命じられるはずだ。

にわかに強い風が吹きつけてきた。嵐の予感をはらんだ旋風だ。霜のついた枯れ葉が吹きあがる。葉の群は毒の蝶みたいにきりきり舞いをして、落ちた。

◇

満ちた杯に火影が映る。

「緊張せずともよい」

杯を掲げた雕皇帝がおおらかに微笑みかけてきた。

皇帝の私室を訪れた慧玲だったが、診察などはなく、ただ皇帝からむかいあって椅子にすわるようにうながされた。いまひとつ、なにを望まれているのか読めないうちに皇帝と杯を傾けている。

「皇帝陛下、私は陛下から杯を賜れるような身分では」

「伯父様と呼んでくれ。吾も姪としてそなたに接する。よき姑娘に育ったものだな」

皇帝は相好を崩す。慧玲は想像だにしていなかった皇帝の言葉に視線を彷徨わせた。

胸に棘が刺さる。毒の棘だ。

皇帝と食医だから私情を殺せたのに、親戚らしい言葉なんか聞きたくもない。

意識をそらすため、慧玲は私室の内装に視線をむけた。

診察にきた時はうす暗かったので気づかなかったが、皇帝の部屋には豪華な調度もなく、季節の花も飾られてはいなかった。瑠璃の装飾が施された純銀の鳥籠が唯一、きらびやかで異様に目を惹く。

鍵はかけられているが、金糸雀はいなかった。からっぽの籠が心許なく微かに揺れている。彼はなにを想って、金糸雀を可愛がっていたのか。今となっては、慧玲にはわからない。彼の穏やかさの裏にある毒を知ってしまったからだ。

「そなたは苦境にあっても折れることなく、素晴らしき功績をあげてきた。毒を盛られた皇后を救い、死産になりかけた帝姫の命を助け、この身を侵す毒をも絶った。あらためて礼を言おう」

「……幸甚にございます」

復讐の意は、絶った。

それでも怨嗟の余燼《よじん》は瞳の底でくすぶり続けている。そもそも皇帝のために怨みを絶ったわけではなかった。できるものならば声を荒げ、今すぐにでも糾弾したい。なぜ、父様に毒を盛ったのか。なぜ、鴆の母親に毒を造らせ、殺《あや》めたのか。

「そなたがいてくれて、ほんによかった」

ここが地獄の底だと言った鴆の言葉が頭から離れない。ああ、まったくもって、そのとおりだ。視線をあわせるだけで腹のうちが焼けただれ、言葉を重ねるほどにこころが斬りきざまれる。

これが地獄でなければ、何処に地獄があるというのか。

杯をおき、雕皇帝は「時に」と言った。

「吾は子を生《な》し難いようでな」

本題か。慧玲はひそかに安堵の息をついた。薬のことであれば、感情を排せる。

皇帝が不妊であるということは、他人には知られてはならない。給仕などを同室させていないのもこのためだったか。

「先帝も同様だったが、彼は白澤の一族を娶《めと》って直《す》ぐに懐妊させた。白澤には不妊を克服させる力があるのやも知れぬ」

「偶然かと想われます。それに陛下は雪梅嬪とも御子ができたではありませんか」

皇帝は表情を陰らせた。

「……雪梅には好きあっていた男がいたという。宦官でも女を孕ませることができるものはいる」

「まさか、雪梅嬪を疑っておられるのですか」

雪梅には確かに愛する男がいた。だが雪梅は、誓って皇帝の御子だと胸を張った。宦官と夢を結んだことはなかったのだ。不貞を疑うなど、雪梅にたいする侮辱だ。

「畏れながら、雪梅嬪は」

「どうでもよいことだ」

慧玲の擁護を遮り、皇帝は言い捨てた。続けて彼は、慧玲の肩を抱き寄せる。

「そなたに寵を与えよう」

咄嗟に言葉の意が理解できず、慧玲は凍りついた。

「先ほどは、姪として……接すると」

「そなたは姪ではあるが、後宮にいるかぎりは妃妾であろう」

腕をつかまれ、無理やりに私室の奥に連れていかれる。帷をくぐったさきには寝台があった。慧玲は総毛だち、腕を振りほどく。

「やめてください、そんな」

「確実に血の繋がった子が要るのだ。……そうでなければ、薬が造れぬ」

慧玲は絶句した。皇帝はそれを知っていたから、後宮に通い続け、妃嬪たちに子を産ませることに執着したのか。理解すると同時に全身の血が凍りついた。悲鳴をあげ、慧玲は部屋から逃げだそうとする。だが強い眩暈に襲われ、よろめいた。腕と脚が痺れ、息が熱を帯びる——毒にたいする強烈な飢えがきた。

(なんで、こんな時に)

雲に隠れているが、今晩は小望月《こもちづき》だ。さきに毒をのんでおかないかぎり、慧玲の飢えは毎度満月の前の宵から始まる。だから皇帝は今晩を選んで、慧玲を呼び寄せたのだ。

「案ずるな。事が終われば、すぐに薬をやろう」

慧玲は懸命にもがき、震える脚で進む。皇帝はすぐに追いかけることはせず、翼が折れた雛《ひな》を愛でて哀れむように瞳を細めた。

廻廊はだめだ。衛官がいる。衛官が助けてくれるはずもない。

慧玲は震える指で掃きだしの窓をあけて、露台《バルコニー》にむかった。視界を奪われるほどではないが、雪のまざった強い風が吹きつけてくる。露台の手摺《てすり》から身を乗りだして、慧玲は想像を絶する高さに竦んだ。

皇帝の部屋は宮廷の最上階にある。身を投げれば、確実に死だ。

「そなたはどこにも羽ばたけぬ。与えられた籠のなかでさえずるほかにないのだ」

皇帝が追いかけてきた。

部屋にも風が吹きこみ、鳥籠が激しく揺れる。耳障りな響きは絶望の鐘のように聴こえた。皇帝が慧玲の腕をつかむ。

諦めかけたその時だ。細雪の帳を破って、蜂の群が皇帝に襲いかかった。

青い毒蜂。こんな危険な蟲を扱えるとすれば、ひとりだけだ。

「……鴆」

塔の屋根から鴆が降りてきた。

彼は暗闇を身に帯び、紫の双眸だけがごうと燃えている。鴆は慧玲を強く抱き寄せてから、皇帝に短剣をむけた。

「――触るな、彼女は僕のものだ」

助けだすというよりは奪うような腕に抱かれて、慧玲は張りつめていた緊張の糸がほどけるのを感じた。よろめき、鴆に縋りつく。

蜂は皇帝を取りまき、いつでも刺せるとばかりに牽制していた。皇帝は鴆と蜂とを順に睨み、眉根をひそめる。

「貴様は風水師――毒師だったのか」

「違うね、僕は鴆だ」

鴆は毒々しく嗤笑《ししょう》して、腰に帯びていた装身具の珠《たま》を靴の先端で弾いた。玲瓏《れいろう》と珠は響く。麒麟紋の玉佩に視線をむけた皇帝が眼を剝き、青ざめる。

「渓底《たにぞこ》に落とされた貴方の息子さ」

嵐が吹きつけ、雪は強くなる。紫電をはらんだ雲の塊がゆがむように渦を捲き、怒張する。昏い吹雪が鴆の髪を掻きみだした。張りつめた頰の表で細氷が弾け、睫を凍らせる霜で紫の眼睛がいっそう昏くなる。

「敵軍を退けた時、貴宮の風水師に拝命された時にも顔をあわせたね。名乗ったこともあった。だが、貴方は結局、最後まで気づかなかった」

鴆の剣に蛇が絡みつき、牙を剝きだして毒を吐いた。剣の先端からほたほたと青みがかった致死毒が垂れる。皇帝は顔をしかめながら、重い息をついた。

「そうか、貴様があの時の——毒か」

「毒、ね」

鴆が喉をのけぞらせ、嗤った。

熱のない嗤いだった。失望しかけ、もとから望みなどなかったことを理解して、自嘲するような。だが転瞬のうちに彼は笑みを捨てた。

「慧玲……」

慧玲の濡れた頰を、強張った鴆の指がかすめていった。

彼女は無意識に泣いていた。鴆が哀れだったわけではなく。無性に涙があふれて仕様がなかった。吹雪のなかでは、涙はこぼれたそばから凍てついていく。

「慧玲、貴女は薬で毒を制すと言ったが、毒でしか制す事のできない毒もあるんだよ」

毒を帯びた剣を振りかざして、鴆は皇帝を殺そうとする。慧玲が痺れる指で、咄嗟に鴆の袖をつかんだ。鴆が眸を歪めて振りかえったのがさきか。

陰雲が紫に燃えさかり、弾けた。

雷が、皇帝の頭上に落ちた——

天の槍《やり》に貫かれたかのように皇帝は一瞬で絶命する。

雷轟《らいごう》が地を震わせた。天の咆哮を想わせる凄絶な響きだ。訴えるは憤怒か。怨嗟か。

天地に拡がる轟《とどろ》きがいっせいに音を喰らってしまったのか、続けて帳が落ちるように静寂が訪れた。

煙をあげながら、皇帝が後ろむきに倒れていった。

このような不運、禍患、厄難、起こってはならない天の廻りだ。

「天、毒」

震えながら、慧玲が声をあげた。

最悪が重なり、取りかえしのつかぬ禍《わざわい》となる。さながら命運を毒されるがごとく。

ああ、紛れもなく、これは。

天毒の禍《か》だった。

◇

皇帝の頓死《とんし》は宮廷を混沌の坩堝へと陥れた。

ましてや雷に撃たれて絶命したのだ。

はるか昔、皇帝の椅子の頭上には軒轅鏡《けんえんきょう》という銅珠《どうじゅ》が提げられており、麒麟の祝福なく皇帝になった者が君臨すれば、鎖が切れて不敬者を殺すとされた。皇帝の死は、まさに軒轅鏡が落ちるがごときものだった。

廷臣たちが恐慌するのも致しかたない。

慧玲は最後に皇帝と一緒にいた証人として一時、捕縛された。刑部の官吏から取り調べを受けたが、皇帝の命を絶ったのが落雷であることは明白であり、一刻を経て釈放された。慧玲が終始青ざめ、がたがたと震えていたため、官吏たちは皇帝の死がよほどにこたえたのだろうと気の毒そうにしていた。

鴆はあの後すぐに屋根から屋根へと渡って、姿をくらませた。

離舎に帰ってきた慧玲は壁に背をつけ、崩れるようにすわりこんだ。眩暈は強くなり、脚と腕の痺れも続いている。だがそれだけならば、堪えることもできた。

（皇帝が息絶えた、天毒に毒されて――）

いまだに現実が受けいれられない。

皇帝は知っていたのだ。先帝を壊した禁毒にたいする薬が、なんだったのか。その事実が慧玲を苛んだ。考えようとするほどに思考が絡まる。

まずは飢えを満たさなければ。薬箪笥まで這っていき、抽斗《ひきだし》を漁るが、離舎にある毒はすでに喰らったことのあるものばかりだ。飢えを凌ぐことはできない。

慧玲は髪に挿していた簪を抜いた。

鴆からもらった毒の簪だ。飢えているからか、硬い毒の珠にたまらなく食欲をそそられた。壊して、喰らってしまいたい。

(でも、だめだ。これだけは、壊せない――)

葛藤していると、背後から不意に声を掛けられた。

「なにしてるんだよ。とっとと喰らいなよ。飢えているんだろう」

振りかえれば、鴆がたたずんでいた。

彼は毒の簪を取りあげ、あっけなく壊してしまった。慧玲が瞳を見張り、「なんで！」と声を荒げる。

「なんで、ね。貴女こそ、どうして毒をつかわないんだよ」

「壊してしまったら、身につけられなくなるじゃない！」

食いさがると、鴆があきれたとばかりに嘆息した。

「これは飾り物じゃない、毒だ。さっきだって毒があれば、抵抗くらいはできただろう。毒として喰らうために渡したのに、いざという時につかわれないんだったら……」

「だとしても！」

大事にしていた簪をただの毒として扱われたことが無性に哀しく、慧玲は意地を張る。

「おまえは、私にくれたのでしょう！　だったらこれは、私のものよ、ことわりもなく壊すなんて」

「ああ、うるさいな。いいから、唇《くち》をあけろ」

腕をつかまれ、組みふせられた。

まともな抵抗もできないうちに、毒の珠が指ごと唇に挿しこまれる。かみついてやろうとしたのを感じてか、鴆の瞳がふっと嗜虐《しぎゃく》を帯びた。鴆の指が弄ぶように口腔《こうこう》を掻きまわし、舌の先端をつまむ。

接吻じみた動きに喉がはね、毒の珠が吸いこまれていった。

身のうちで眠るものは、落ちてきた毒に喰らいつき、歓ぶ。脈が弾け、細い喉から熱を帯びた息があふれた。

指が抜かれる。慧玲が息絶え絶えに言う。

「おまえ……なぜ、怒っているの」

「貴女が無神経だからだ。皇帝とふたりきりになるなんて愚かにもほどがある」

鴆は重いため息をついてから、確かめるように頬を撫でた。

「なにもされなかったか」

彼がこれほどやわらかく、慧玲に触れてきたことがあっただろうか。だいじょうぶだと動かすつもりだった唇から、ほかの言葉がこぼれた。

「……こわかった」

こんなことを言うつもりはなかった。

終わったことだ。それなのに、いまさら恐怖がこみあげてきた。

「わかってるよ」

鴆が抱き締めてきた。

強くいなければと張りつめたこころの裏側にある脆さまで、肯定して。

「わかってる」

震え続ける慧玲の背をさすりながら、鴆は彼女が落ちつくまで、静かに寄りそってくれた。


しばらく経って、劇痛をともなう飢渇がおさまってきた。

鴆に施された毒を吸収できたのだ。

毒を喰らい素肌を侵す青い紋様は、段々と侵蝕してきている。胸から鎖骨を通り、首筋にまで拡がっていた。毒を貪るほどに彼女の身のうちでなにかが育つ。いつかは、この肌を破って舞いあがるのではないかと考えてしまうくらいに。

「貴女は、ほんとうは誰を怨んでいるんだ」

沈黙を破って、緑の底をさぐるように鴆が瞳を覗きこんできた。

「皇帝が息絶えてもまだ、貴女の瞳の底では毒が燃え続けている。貴女は死んだ先帝を怨んでいると言ったが、詭弁《きべん》だろう」

「先帝を怨んでいたのは、ほんとうよ。彼はいかなる毒をも喰らうという誓いを破った。それどころか、毒に喰われて悪政を敷いた……許せるものか」

毒を盛られたのだとしても、皇帝であるかぎり彼の責は重かった。騙されることも罪になる、それが皇帝というものだ。

「もちろん、現帝にたいする怨みもある。父様を壊して、母様を死なせた。無残に死に絶えたとしても、怨みはそうかんたんにはつきない」

「だが、貴女の怨みはそれだけじゃない――そうだろう？」

鴆は逢ったときから、慧玲がもっとも触れられたくない傷をすぐに見破る。

秘すれば華だ。秘せられなかった華は散るか、毒に転ずる。今、言葉にすればすべてが崩れてしまいそうで、怖かった。

慧玲は青ざめた唇をひき結び、沈黙に徹する。

「はきだせよ」

顎をつかみ、鴆が誘いかけてきた。

「僕にだったら、毒を喀《は》いても構わないと言ったのは貴女だろう」

あばかれる。落とされる。毒に侵され、地獄の底まで道連れにされるように。あるいは彼女のほうが、鴆を道連れにするのか。

「……私がほんとうに復讐をしたかったのは」

かみ締めすぎた唇から、ふっと血潮がにじんで、こぼれた。

「私よ」

怨み続けてきた。

鏡を覗くたび、縊《くび》り殺さねばと震えるほどに。

気強い彼女がこんな絶望を飼っていたなど、想像だにしていなかったはずだ。だが鴆はわずかも驚かなかった。一瞬だけ、哀しげに瞳をゆがめただけで。

ふたりは鏡だ。彼女の毒は、鴆のなかにもある。

理解できる、理解できてしまう、それこそが最たる毒だった。

「おまえは知っているのでしょう。先帝を壊した禁毒を解く薬がなんだったのか」

鴆は頭を真横に振った。

「あの毒は、解毒できないはずだ」

「白澤の一族に解毒できない毒は、ないのよ。ただ、これは禁薬《きんやく》だった」

不穏な風が吹きつけ、窓を震わせた。部屋に漂う薬のにおいが舞いあがり、鼻を刺す。禁薬の秘を明かすべからずと責めるがごとく。

惑いを振りきって、慧玲は続けた。

「白澤の書いわく、禁薬に要するものはひとつ、実の子の」

その胸で脈打つ熱い塊を、指しながら。

「――――心臓よ」

鴆が息を張りつめ、険しく眉根を寄せた。

「むごいね。姑娘である貴女の命が、唯一の薬だったなんて。反吐《へど》がでる。禁毒とさして違いがないじゃないか」

「だからこその、禁薬よ」

血の毒には血の薬を要する。条理だが、人道には背く。

「毒を盛られてから先帝は飢え続けていた。渾沌は血潮に飢えていたと人々は語ったけれど、ほんとうは違った。先帝は薬に飢えていた」

薬とは舌に旨いものだ。薬を要するほどに人は薬に惹かれ、渇望する。

「先帝は、姑娘である私を喰らいたくて、でも喰らえないから、充《み》たされぬ欲望を他者にぶつけ、虐殺を繰りかえした」

晩年、撹乱《かくらん》した先帝は廷臣を処刑しては心臓を喰らい、これは違うと喚きながら吐き散らしていたという。化生と称されても、致しかたのない醜態だ。

先帝がそれほどまでに飢え、ついには命を絶たれたのは。

「ぜんぶ、私のせいよ」

母の呪詛が、耳から離れない――貴方が薬として喰われていれば、先帝は命を落とさなかったのですよ――そう言い遺して、母親は毒をのんだ。

母親は先帝を愛していた。

だから彼女は絶望を抱えつつ、姑娘を護り徹してくれと言った先帝との約束を果たし続けたのだ。薬に産まれながら、薬にならなかった姑娘を怨みながら。

「せめても薬であり続けることだけが、私の復讐で、償いだったから」

薬として育てられ、薬になるべく努めてきたのに、敬愛する父親の薬になれなかった。

「許されたかったのよ」

ただ一度、薬となれなかったことを。慧玲は頬をゆがめて、微笑した。泣き崩れ、喚きだしたい時ほど、微笑するしかできない。そう産まれた。

鴆は黙って耳を傾けていた。慧玲の罪ではない、となぐさめることも、姑娘を護りながら姑娘を怨んだ母親は毒だということもかんたんだ。

だが、それは効能のない薬と一緒だ。

「貴女は、薬に呪われているんだな」

嗚咽も涙もなく微かに震え続ける慧玲の肩を、鴆が強く抱き寄せた。慧玲は彼の胸に頬を埋《うず》めて、睫をふせる。

「そうね。おまえが毒に呪われているように」

慧玲の母親はあらゆるものが毒されることを望み、息絶えた。いかに薬であり続けようとも、母親に許されることはないと理解して、慧玲は一度は絶望した。

「それでも、おまえが毒になれと言ってくれたから、私は今度こそ最後まで薬であり続けられたのよ」

たぶん、鴆だけが、彼女を許してくれたのだ。

彼の毒は、慧玲にとって最大の薬だった。

雪梅が語っていたことが、今ならばわかる。散っても愛し続けると言ってくれるひとがいるから、華は永遠に咲き誇ることができるのだと。

酷い矛盾だ。それでも、雪梅の言葉を借りるのならば、それが愛というものだった。

毒がまわってきたのか、段々と声をだすのも難しくなってきたが、慧玲は不香《ふきょう》の華が綻ぶように微笑む。

「ありがとう」

「貴女は、ほんとに……酷い毒だよ。この僕でも、とても扱いきれない」

微笑みかけられた鴆は、悔しげに息をついた。

「万の華にも優《まさ》る地獄みたいな毒だ。でもそんな貴女にたまらなく惹かれた。毒して地獄の底まで、連れていきたかった」

慧玲は緩やかに意識が遠ざかるのを感じた。

いつだったか、これは苦痛をともなわずに死だけを施す毒だと鴆が言っていた。慧玲に致死毒は効かないが、意識は毒に侵蝕されていく。思考が濁り、縫いあわされたように瞼は持ちあがらず、痺れるように眠かった。

重ねた瞼にひとつだけ、接吻《くちづけ》を残して。

「さよならだ」

鴆が離れていった。

訳もなく胸を掻きむしられる。袖をつかもうとしたが、指はわずかも動かなかった。残っていた意識の残骸までもが毒に喰われて、慧玲は気絶した。

◇

皇帝の死からひと晩明けて、鴆は都にいた。

都は騒がしかった。日蝕が皇帝の死を報せていたのだと騒ぎたてるものがいれば、今度は皇后が女帝に君臨するだろうと噂するものもいた。

喧騒に背をむけて、鴆は町の角をまがる。裏路地のざらついたにおいは鴆には慣れ親しんだものだ。皇帝なき今、風水師として後宮にとどまる必要もなくなった。

（もう宮廷に戻ることはないだろう）

慧玲のことだけが、抜けない棘のように胸に刺さっていた。

敏く、強《したた》かで、果敢ない姑娘。透きとおった魂に地獄じみた毒を飼い、薬に呪われているくせに誰かを助けるために薬師として闘い続けている。それでいて、彼女はまったく哀れではない。哀れではないことがたまらなく、哀しかった。

彼女はこれからもその身をなげうち、薬であり続けるのだろう。

気晴らしに煙管でも喫おうと外掛に腕を挿しこんだ鴆は、玉佩のことを想いだす。母親が遺したものはこれひとつだった。いまとなっては虚しいばかりだ。

鴆は通りがかった橋から、玉佩を投げ捨てようとした。

「いいのかしら、捨ててしまって」

鈴のような声に振りかえれば、車椅子に腰掛けた欣華皇后が純真に微笑んでいた。後宮の外にいるはずのない華《おんな》だが、鴆は今さら驚きもせずに軽く眉の端をあげただけだった。彼女が神出鬼没で何処にでも現れることは、もとから鴆の知るところだ。

「お母様の望みだったのではないの？　あなたが皇帝になることが」

「どこまで知っている」

「ぜんぶよ。だって、妓楼にいた毒師を妃に迎えるよう陛下に教えたのも、禁毒を造らせるように提案したのもぜんぶ、妾ですもの」

鴆が一瞬だけ、動揺をあらわにする。

皇后がすべての首謀者だったのか。臆病な雛皇帝にしては豪胆な策だとは疑っていたが、裏で操っていたのが皇后だとすれば、腑《ふ》に落ちた。

「貴方はいったい」

「ふふふ、さあ、なんでしょうねぇ」

化生と称されるモノはいる。渾沌の帝しかり、白澤や窮奇の一族も同様だ。だがそれらは所詮、特殊な能力や異質な技巧を備えた、あるいは暴虐を振るっただけの人に過ぎない。されど皇后にだけは、ほかとは一線を画す異様さがある。

(化生などというものがいるのだとすれば、こういうものに違いない)

皇后は嬉しそうに唇を綻ばせながら、鴆の瞳を覗きこんできた。

「ねえ、あなた」

万華鏡のなかに鴆が映る。

「皇帝になるつもりはないかしら」

想像だにしなかった誘いに鴆は虚をつかれた。

「……つまらない冗談だ」

「冗談じゃないわ、妾はほんきよ」

　皇后は胸を張った。彼女がなにを考えているのか、微《み》塵《じん》も読めない。毒蛇に絡みつかれても動じない鴆が、皇后のそら恐ろしさには咄嗟に身を退きかける。

「あなたを皇太子として宮廷に迎えてあげましょう」

　皇后が袖を差しだす。袖に結わえられた鈴が微かに鳴って、噎せかえるような花の香が舞いあがった。強すぎるそれは、腐乱した花の悪臭とも等しい。

「あなたがちゃんと妾のいうことを聴いて、妾のために食事を調えてくれるのならば、ゆくゆくは皇帝にしてあげるわ」

「……食事、ね」

　鴆は瞳の端を強張らせながら思考をまわす。

「昨今、頻発している小規模な紛争とも関係があるのか？　戦線に遠征した時、貴方の姿を見掛けたことがある。長期間眠っていると偽っては、戦場に赴いているだろう？」

　鴆の推察を肯定するかわりに皇后は唇を舐めた。

「ふふ、でもほんとうに喰べたいものは、ほかにあるのよ。あなたのお父様もそれだけは叶えられなかったの。あなたが喰べさせてくれると嬉しいのだけれど」

　どうかしらと、誘惑される。鴆は無意識に玉佩を握り締めた。

貴男が皇帝になるのよと、呪いのように繰りかえす母親の声が聴こえる。彼女は鴆を皇帝にすることが最たる復讐だと疑わなかった。

紫の眸の底でごうと昏い火が燃えたつ。

唇の端が歪み、毒々しい微笑をかたちづくっていく。彼はひき結んでいた唇を徐《おもむろ》にほどいた。強い旋風が吹きつけ、彼の声をさらう。

皇后だけが彼の答えを聴き、華やかに微笑を重ねた。

◇

宮廷の奉麒殿《ほうきでん》には、皇帝の椅子がある。

奉麒殿は宮廷で最も大規模な御殿《みどの》だ。彫刻が組みあわされた八角の天井には森羅万象を表す紋様が施され、柱には竜が絡みついていた。玉座に続く九段の階段には鳳凰の翼を想わせる装飾がある。

皇帝の即位を始めとした宮廷儀礼はかならず、この宮殿内部で執りおこなわれる。財と技巧を集結させて造られた宮殿はまさに万象の帝が君臨するにふさわしい。

雕皇帝の崩御によって黄金の玉座は空席となっていた。

君帝なき奉麒殿に今、右丞相《うじょうしょう》左丞相《さじょうしょう》を筆頭として三師《さんし》、三公《さんこう》、九卿《きゅうけい》、その他の高官たちが集められていた。慧玲もまた廃されたとはいえ、帝族である。これまでの後宮食医としての働きもあって、同席を許されていた。

招集したのは皇后だ。廷臣たちは一様に緊張して、皇后の詔《みことのり》を待っている。

「一昨日未明に胥雕皇帝陛下が身罷《みまか》られました」

純白の喪服を着た皇后が語りだす。

「帝魂《ていこん》は鳳《ほう》となり風に還る。それが理にてございます。ですが、偉大なる皇帝陛下の崩御は日華《にっか》を喪うが如《ごと》きこと。日華は雲に隠れてもなお、万星《ばんせい》を導き続けますが、地に息《いき》衝《づ》く民草は天恵《てんけい》の御光《みひかり》を喪い、惑っております。果たして新たなる日華は昇るのかと」

雕皇帝は遺言を残さず、嫡嗣ももうけずに崩御した。

新たな皇帝はどうなるのかという疑念は、宮殿に集まっている重鎮たちの頭にも重く横たわっている。

「しばらくは妾――胥欣華《シュシンファ》が摂政《せっしょう》となりましょう」

皇后の背後から後光が差す。皇后には誰もが傅《かしず》かずにはいられない天賦《てんぷ》の威光が備わっている。彼女が日輪になれば安泰だ。廷臣は万々歳と唱え、諸手《もろて》を挙げて賛同する。異論を唱えるものは誰もいなかった。

「ですが」

皇后の言葉に場が静まりかえる。

「雕皇帝には嫡嗣がおられます」

廷臣がざわめいた。

「失礼ながら、ご嫡男は六年前に失踪されたはず」

「ええ、すでに薨御《こうぎょ》されたものと想われておりましたが、星の廻りとは実に奇《く》しきもの。嫡嗣はこの宮廷に帰還いたしております。――胥鴆《シュヂエン》」

人の垣が割れた。

促されるでもなく、凄《すさ》まじい畏怖を本能で感じて、全員が後ろに退ったのだ。ひらかれた道を静かに、それでいて威風堂々と進んできたのは鴆だった。

麒麟紋が施された紫の絹に袖を通した鴆は、いっさいの毒を隠さず、誇るように振りまいていた。悪辣なまでの毒。だが死に触れることもなく富だけを貪って肥えた者たちは、それが毒だとも理解できなかった。眼前を通りすぎる秀麗で恐ろしい男を、慄然と眺めるほかにない。

なかには鴆が宮廷風水師だと知る者もいたが、別人のような威圧感に身が竦み、声をあげることとすらできなかった。

鴆は嘲るように全員を睥睨《へいげい》する。彼はさながら、毒の嵐だった。風が草を薙《な》ぎ、風邪《ふうじゃ》が人を侵すように彼はひと睨みで場を制す。

慧玲だけが毒気にあてられることなく、視線で訴えかけた。

(鴆、なぜ――)

皇帝の椅子に興味などないと語っていたのは嘘だったのか。それとも怨嗟の飢渇が満たされず、皇帝になることで補おうと考えたのか。

あるいは。

鴆は視線を察して、振りかえる。

(なにか、思惑があるの)

紫と緑の視線が交錯する。

睨みあったのは一瞬だ。鴆はふいと慧玲に背をむけ、皇后のもとに赴く。

腰から提げた玉佩の珠を奏でながら、彼は進んでいった。

事態を受けいれられず、廷臣たちが静かな恐慌に陥るなか、鴆と皇后だけが不穏な微笑を湛えていた。

◇

皇帝の崩御から約一カ月が経った。

喪に服していた後宮も今晩だけは賑やかに華やいでいる。

元宵祭は春節の最後を飾る祭事である。皇帝の崩御を受けて取りやめになるかとおもわれたが、燈明《とうみょう》を飾るこの祭りには鎮魂の意もあるとして月後《つきおく》れで催されることとなった。

愁いをひと時吹きとばすようにして、祭りは盛大に祝われた。

元宵祭では日暮れから翌朝まで宴が続く。麒麟舞《きりんまい》が一晩かけて四季の宮をまわり、飲食の屋台が軒を連ねた。だがこの祭りの最たる催しはほかにある。

黄昏《こうこん》の正刻（午後八時）の鐘とともに妃妾たちが橋に集《つど》いだす。

「ほら、慧玲様もどうぞ」

雪梅に誘われて祭りに参加していた慧玲は、藍星からまだ火のはいっていない提燈を渡された。紅の筒紙《つつがみ》と竹ひごで造られた天燈《てんとう》という特殊な提燈だ。

「紙に願いごとを書くそうですよ」

「藍星はなにか書いたのですか」

「ええっとですね、故郷の家族が健康でありますように。母の心の病が治りますように。素敵な殿がたとご縁がありますように。お給金が増えますように。文官志望の弟の成績があがりますように……」

藍星は順番に指を折りながら、つらつらと願いごとをあげる。

「そ、そんなにですか」

「せっかくですから、書けるだけ書いておかないと損じゃないですか！　あ、あと、最後にもうひとつ」

まだあるのかと苦笑する慧玲をよそに、藍星は屈託なく笑った。

「慧玲様が幸せになりますように、と」

「……藍星……」

藍星はやわらかく眉をさげる。

「慧玲様。私には、慧玲様にとっての幸せがどんなものかはわかりません。でもわからなくても、願うことくらいはできます。願わせてください」

藍星は慧玲の道標だ。幸福からは遠い道ばかりを選んでしまう慧玲を、明るいところに連れもどしてくれる。だから、慧玲は安心して、昏《くら》い荊《いばら》の道を進めるのだ。

「ありがとう、藍星」

慧玲は筆を執り、しばらくは思案したが、願いごとが想いつかなかった。星に祈ることなど、ひとつもない。なすべきは、みずからでなす。

無地の筒紙に火を燈す。

月にむかって、春宮の妃妾たちがいっせいに天燈を放つ。

人々の願いを乗せ、提燈は緩やかに舞いあがった。風に惑わされることなく、何処までも。燃える星をちりばめたように天燈が空を埋めつくす。橋から覗けば、水鏡にも燭明が映り、さながら星河《あまのがわ》のようだった。

天燈こそが、元宵祭の妙趣だ。

「どう、祭りは楽しめているかしら」

雪梅が声を掛けてきた。後ろには杏如を抱いた小鈴が控えている。

雪梅は昨年の春ぶりに舞を披露したばかりだ。御子を産んでも、彼女の舞は麗しかった。それどころか、愛しみを表現する舞が真にせまり、これまでは雪梅を妬んでいた妃妾たちもそろって感嘆の息を洩らしていた。

「綺麗な祭りですね。毎年離舎から燈《あかり》を眺めるばかりでしたので、これほど賑やかだったと知りませんでした」

「たまには息を抜かないとね」

雪梅が紅の唇を綻ばす。

藍星はいつのまにかいなくなったとおもったら、茹《ゆ》でだんごを頰張っていた。もきゅもきゅと頰を膨らませて、とても嬉しそうだ。屋台で購入したのだろうか。

「慧玲様もおひとつ、いかがですか」

「いいんですか」

「こんなに食べたら、太っちゃうので」

この頃は人に食べさせてばかりで、自身は碌な食事を取っていなかったと想いだす。舌に乗せると生地が蕩けて餡《あん》があふれだし、花の香が拡がる。餡に金木犀が練りこまれているのだ。

慧玲が頬を綻ばせる。十六歳の姑娘にふさわしい微笑だ。

「よかった。そんな顔もできるのね。貴女、このところはずっと張りつめていたから」

雪梅が優しく髪を梳いてくれた。

こんなこと、春秋が巡るまでは考えもしなかった。

（私は疎まれものだったのだもの）

後宮を通り掛かるだけで後ろ指をさされ、傷つきはせずとも、胸のうちには絶えず風が吹き続けていた。

だが、いま、彼女に寄りそって微笑みかけてくれる人たちがいる。

幸せだ。

光に満ちた風景の端にふっと一陣の影が差した。鴉《からす》のような後ろ姿に一瞬、意識が絡めとられ、慧玲は緑の眼を見張る。

「……ああ、貴女、恋に落ちたのね」

雪梅の嬉しそうな言葉が耳をかすめた。

海の潮が満ちるように群衆が動きだす。黒衣の背に気を取られているうちに雑踏に揉《も》まれ、慧玲は藍星たちとはぐれてしまった。

「慧玲様！」

藍星の声が聴こえて、そちらに踏みだそうとする。だがその時、後ろから袖をひかれた。微かに漂った煙の香に想わず息をのみ、振りかえる。

闇に紛れるような黒服を纏った鴆がいた。

紫の眸が笑む。こっちにきなよと薄い唇は声もなく紡ぐ。

遠くでは藍星が呼び続けている。だが慧玲は唇を結ぶと、鴆と一緒に橋から離れた。

鴆は宮の物陰までくると慧玲を抱きかかえ、軒にあがる。屋根を渡って、塔の頂にまできたところで降ろされた。

天燈は春夏秋冬と順序を踏んで、宮ごとにわけて放つ。

夏宮の天燈が舞いあがった。燈火が湧きあがって、風に漂いながら通りすぎていく。高いところから望んだ燈の瞬きは、強かった。果敢なかった。天燈は触れられそうなところまでせまっては遠ざかる。

遠くを望めば、燃える星の海があった。都の民が放った天燈の群だ。

燃えているのは天ばかりではない。

祭りの晩は軒端や庭さき、橋に至るまで盛んに提燈が飾られる。天網のように火の径《みち》が張りめぐらされた地上を鳥瞰して、慧玲は詠嘆する。

「きらびやかな地獄みたいだろう。地も空も等しく燃えて」

煙管を吹かしながら、鴆がつぶやいた。

「貴女にみせたかった」

「……ああ、おまえにはそう、映るのね」

彼にとって燃えさかる火は地獄の象徴だ。だが、慧玲は違った。

「私には幾千幾万の燈の数だけ、命があるのだと」

民は草だ。燃えながら萌《も》える根のある草。

細やかな人の営みのなかにはそれぞれの幸福が繁り、不幸が根を張っている。それらを毒にするか、薬にするかは皇帝の器だ。

皇帝、か。

慧玲は屋根の稜線《りょうせん》に腰かけ、あらためて唇をほどいた。

「おまえが皇帝になりたかったとは知らなかった」

鴆が煙を絡《から》げ、喉だけで嗤った。

「は、頼まれてもなりたくはないね」

「そうでしょうね。おまえはそれほど愚かではないもの」

寡欲とも違う。鴆は皇帝の椅子がいかなるものか、真《しん》に理解している。彼が貪欲に欲するだけの愚者ならば、あるいはこんな地獄を進むことにはならなかったのだ。

「権力なんか、濡れた絹みたいなものだよ。重く身にまとわりついて剝がせない呪いだ。それに僕が皇帝になったところで、結局は皇后の都合のいいように動かされるだけだ。

駒なんだよ、全部皇后の」

「それは、皇帝陛下も駒だったということね」

先帝に毒を盛ったのも皇后の策謀か。

「そこまでわかっていて、なぜ、おまえは皇后についたの」

鴆は煙管の燃え殻を落とす。

「毒をのんでもいいと想えるだけの、望みができたからだよ」

緑釉瓦を踏み、振りむいた鴆の眸は毒を帯びていた。

「剋は毒されている」

あらためて鴆は唱える。

「天毒地毒のこと、だけではなさそうね」

「宮廷ではいま、皇后に与《くみ》するものばかりが権力を握り、政を敷いている。異端分子は殺された。まあ、殺したのは僕だけどね。皇帝は経験がないからと古参の廷臣どもに政治判断を委ねていたが、官費を貪るだけで民の安寧など頭の端にもないやつらばかりだ。別段どうだって構わないことだ、僕にとってはね」

彼は怨嗟に眸をぎらつかせた。

「僕は帝族を怨み、民を怨み、剋を怨んでいる。なにもかもが嫌いだ。滅びてくれたらいいと想っている――だが、貴女はそうじゃないだろう」

風が吹きおこる。天燈がひとつ、またひとつと燃えつきる。残火の尾を曳《ひ》きながら、天の星が崩れるかのように落ちはじめた。

彗星《すいせい》の群を背にして、鴆が緩やかに跪く。

「皇帝になるべきは貴女だ、蔡慧玲」

慧玲は戸惑いつつ、彼の真剣な視線に唇をひき結ぶ。

「貴女は、貴女を慕うものにも誇るものにも等しく、薬を与える。誰よりも毒を喰らいながら」

天燈が絶える。暗い帳が天から垂れて地に蓋をした。だが、陰《かげ》の征服に抗《あらが》うように今度は秋宮が燈を放つ。

「剋の毒を解けるとすれば、貴女だけだ」

鴆を映す慧玲の緑眼《め》は透きとおり、されども強い熱を帯びていた。揺るがぬ意志を宿し、怨嗟を帯び、絶望が彫りこまれたこの眼で、死をみてきた。生を映してきた。

彼女は静かに瞬きをする。

(私などが女帝になれるとは想えない)

易く驕るほどに愚かではない。慧玲は現実を理解している。

彼女の逡巡《しゅんじゅん》を察してか、鴆が言葉もなく慧玲の脚をつかんだ。

布製の沓《くつ》から華奢な足を抜き、彼は強くひき寄せる。

傷ひとつないつまさきだ。だがこの細い脚で彼女がどれだけの地獄を踏み締め、渡ってきたか、鴆だけが知っていた。鴆はつまさきに接吻《くちづけ》を落とす。

「……そう」

それだけでわかった。

「おまえが、私を皇帝にしてくれるのね？」

「ああ、僕の毒をあますことなく、貴女に捧げよう」

満ちた杯もなければ、祝宴もない。冠はなく、証人も証文もなかった。

ただ、毒と薬だけ。

「胸のうちを劫火に焼かれながら、残さず、喰らってくれ」

彼は慧玲の腕を取って、あまやかに囁きかけた。愛とはほど遠い毒を。

唇を綻ばせて、慧玲が微笑む。

「わかった。おまえの毒を私にちょうだい」

薬は薬だけではならず。毒があってはじめて、薬と転ずるものだ。

「ぜんぶ喰らって、薬となしましょう」

慧玲は身をかがめ、跪いていた鴆の唇を奪った。息を重ね、視線を絡めて、愛を誓いあうようだったのはそこまでだ。

慧玲が、鴆の舌にかみついた。鴆は微かに息を乱す。

だが身を離すことはせずに接吻を続けた。

血潮に融けた鴆の人毒が慧玲の身のうちに融ける。強い毒を感じた慧玲の心臓がごうと燃えさかった。痺れるほどの歓喜だ。

ふっと、唇を離して、慧玲は言葉をこぼす。

「おまえを喰らえるのは、私だけよ」

皇后にだって、彼ほどの毒は喰らえないだろう。喰わせるものか。

「だから、私の毒はおまえがのみほして」

ふたりが逢ったのは天毒の廻りだ。互いを喰らいあうために逢った。だが喰らい、喰われることで、毒は毒で、薬は薬でいられる。

鴆がふっと微笑した。彼にしては嘲弄も侮蔑もない、何処までも穏やかな微笑だ。それでいて、毒だけはある。

「ふたつの地獄が、これからはひとつになるね」

ああ、そうか。

彼女は絶えず、孤独だった。誰も彼女の地獄に連れてはいけなかったから。

胸のなかに落ちてきたその言葉を、慧玲は強く抱き締める。

「……私の地獄には、おまえがいるのね」

ならば、なにがあろうと、進んでいける。毒の火群が燃えさかっても、凍てつく嵐が吹き荒んでも。道連れがあるのならば、地獄にも華が咲く。

何処からともなく、神々しい咆哮が聴こえた。笙の音《ね》を想わせる神妙な響きだ。ともすれば、動物の声だとは想えないほどにその咆哮は透きとおっていた。

慧玲は息をのむ。彼女は一度だけ、この声を聴いたことがあった。

新たな皇帝の誕生を祝福するかのように。

麒麟が哮《ほ》えた。

参考文献（敬称略）

土方康世『臨床に役立つ五行理論―慢性病の漢方治療』（東洋学術出版社）
王財源『わかりやすい　臨床中医診断学』（医歯薬出版）
王財源『わかりやすい　臨床中医臓腑学　第４版』（医歯薬出版）
伊藤清司著　慶應義塾大学古代中国研究会編『中国の神獣・悪鬼たち―山海経の世界（増補改訂版）』（東方書店）
山田慶児編『物のイメージ・本草と博物学への招待』（朝日新聞社）
孟慶遠編纂　小島晋治・立間祥介・丸山松幸訳『中国歴史文化事典』（新潮社）
村上文崇『中国最凶の呪い　蠱毒』（彩図社）
喩静・植木もも子監修『増補新版　薬膳・漢方　食材&食べ合わせ手帖』（西東社）
中山時子監修　木村春子・高橋登志子・鈴木博・能登温子編著『中国食文化事典』（角川書店）
田中耕一郎編著　奈良和彦・千葉浩輝監修『生薬と漢方薬の事典』（日本文芸社）

＜初出＞

本書は、「小説家になろう」に掲載された『後宮食医の薬膳帖 廃姫は毒を喰らいて薬となす』を加筆・修正したものです。

◇◇メディアワークス文庫

# 後宮《こうきゅう》食医《しょくい》の薬膳帖《やくぜんちょう》2

## 廃姫《はいひ》は毒《どく》を喰らいて薬《くすり》となす

夢見里《ゆめみし》 龍《りゅう》

2023年8月25日　初版発行
2024年11月15日　再版発行

発行者　山下直久
発行　株式会社KADOKAWA
〒102-8177　東京都千代田区富士見2-13-3
0570-002-301（ナビダイヤル）
装丁者　渡辺宏一（有限会社ニイナナニイゴオ）
印刷　株式会社KADOKAWA
製本　株式会社KADOKAWA



●お問い合わせ
https://www.kadokawa.co.jp/（「お問い合わせ」へお進みください）
※内容によっては、お答えできない場合があります。
※サポートは日本国内のみとさせていただきます。
※Japanese text only

※定価はカバーに表示してあります。



Printed in Japan
ISBN978-4-04-914984-5 C0193

メディアワークス文庫　https://mwbunko.com/

本書に対するご意見、ご感想をお寄せください。

**あて先**
〒102-8177　東京都千代田区富士見2-13-3
メディアワークス文庫編集部
「夢見里 龍先生」係

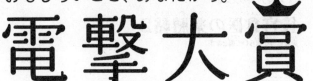